紫式部本人による現代語訳「紫式部日記」

古川日出男

新潮社

目次

装画／サイトウユウスケ

紫式部本人による現代語訳「紫式部日記」

あなたはいまからわたしの日記をのぞこうとしています。そうしてもらってけっこうです。けれども心がまえというものはほんの少しだけいるかもしれません。なぜなのかをお話しします。たとえばわたしがひとこと「あそこの女房がね」などと口にしたら、あなたは、いかがでしょう？　たちまち「それって、どの男(ひと)のワイフのことだろう？」とかんがえたりはしませんか。これはゆゆしい事態です。いま、わたしはAのことをAとして伝えようとしたのです。なのにあなたはそのAをBのことだと曲げてかんがえたのです。もし、ちがう語(ことば)だったらあなたはきっと、いっしゅん間（ま）をおきました。たとえばわたしがかりに局（つぼね）と口にしていたら、あなたはツボネとはなんだろうと眉をひそめますよね？　その語をごぞんじなかったら。いきなり曲げて理解したりはしません。

局とは、ひとつひとつ、べつべつにしきられた部屋のことです。

女性（にょしょう）のための部屋です。つとめさきでの。

これとおなじ文脈でつかわれる語に房（ぼう）があります。房とはひとつひとつ、べつべつにしきられた部屋で、これを「女性のために」と限定すると――女房、となります。ほら、あなたもだんだんとAのことをAとしてイメージできはじめているのではないかなとおもいます。もっといいます。こうした職場のプライベート・ルームをあたえられている女人（にょにん）たちのこともまた、おなじその語――女房、であらわします。

これなんです。わたしのいわんとしたAは。

ぜんぜんワイフではないんです。

もちろん、いっていたひとたちもいるかもしれない、妻（ワイフ）ってつもりで。けれども少数派です。

こんなふうな主張をいれると、あなたは「こだわってるなあ」とか「なんだか、こじらせてるなあ」とかおもいますか？　つまりわたしが、女房とワイフとに。もし、おもうのでしたら、あなたはただしい。わたしは妻（ワイフ）であることにも女房になってしまったことにもこだわっているし、一時はこじらせましたから。さっき「勤務さきのプライベート・ルームが、局だ。房（女房）だ」といいました。だからプライベートつながりの話をすれば、わたしは宣孝（のぶたか）のワイフでした。いつの時代に、という説明をするばあいには暦（こよみ）はクリスチャン暦がいいですか？　あんまり西暦にはなじめないのですけれど。たぶん九九八年です、むすばれたのは。でも、一〇〇一年に、彼は、もう、死んだのです。わたしの夫は。つまり結婚生活はわずかに三（み）年（とせ）ほどですよ。わたしは以来、ずっとシングル・マザーです。この死別以来、わたしはいつも感傷的（ブルー）で、グルーミィです。

ちなみに一〇〇一年って長保三年です。

この日記は長保年間にはまだ書かれていません。長保年間にはまだ、わたしは出仕もしていなかったし。出仕するというのは、宮づかえする……実家をでて仕事をするということで、まさに「女房になる」の意味です。長保年間につづいたのが寛弘年間でして、たしか西暦にかえると一〇〇四年のどこかから一〇一三年のどこか？　この時代にわたしは、この日記に手をつけています。それから『源氏物語』にはもっとむかしから手をつけています。だからわたしは、この日記のために筆をとった当時にはこう名のれたわけです。「わたしは中宮さまの女房である者でして、またフィクション・ライターでもあります」と。けれども、この自己紹介をもちだしたとたんに「それって、だれのワイフ？　ごめんなさい、あたまの部分がちょっと、わからなかった。聞きもらしたのかも」とあなたにいわれでもしたら、――いいえ、かんがえられでもしたら、とわたしは懸念もしました。あなたは中宮という語になじみはありますか？　この語がなにをさすのか。だれをおしめしするのか。

いまのように敬語をもちいれば「えらい人間（ひと）なのかな？」とおしはかることはできますよね。はい、そうなんです。あなたは、皇后という語はもちろんごぞんじですよね。

そう、天皇のワイフです。

中宮もおんなじなんです。

やっぱり天皇の、帝（みかど）のワイフなんです。

ご身分としてどちらが上位だということはありません。じっさい長保年間には、皇后さまがいらっしゃって中宮さまがいらっしゃった。お一人の帝にお二人の后（きさき）でした。この日記は、現代語訳にとどめずに英語などによる考察もほんの少しまじえましょう。もし、天皇をエンペラー（the Emperor）と英訳するのならば、皇后も中宮もともどもにエンプレス（the Empress）になる、と、まあ、そういうことです。

これで、だいぶAのことをAといっても曲がらないということにこられたとおもいます。わたしはエンプレスである中宮さまにつかえる、職場にプライベート・ルームをもっている女性です。そして『源氏物語』を著わしたフィクション・ライターです。この作り物語――フィクション――をまだ筆をとどめずに書いています。職場はいずこでしょうか？　いまは中宮さまのお父上のお邸です。この「いま」というのは日記のオープニングのあたりでは、ですね。中宮さまのお父さまについての情報もお伝えします。藤原道長さまです。おん年は四十三で、もちろんこれは数え年ですけれども、ですから一歳か二歳をマイナスしてイメージしてもらうことが満年齢の「現代」を生きている人間には必要ですけれども、目下左大臣でいらっしゃいます。齢四十三にして、はや政界の最高権力者です。この道長さまのお邸は土御門殿と呼ばれています。けれどもわたしは道長さまをしょっちゅう「殿」といいますので、ここはやっぱり、混乱をさけ、土御門殿ならぬ土御門邸としましょう。どうして中宮さまは、エンプレスであるのに内裏におられないのでしょうか？　これは「里下がり」のためでした。ご懐妊のことがあって――帝のお子です――中宮さまは実家（さと）にもどられたのです。そのために中宮さまのアテンダントだともいえるわたしたち女房たちは、みなみな土御門邸にうつったのでした。

このようなわけでわたしは、いま、南北二町の豪邸（マンション）である土御門邸におります。

いい落としてはならぬことを、一点。

あなたは日記のオープニングからのぞき見しますが、この日記のほんとうの出だしは、欠けています。しかたがないことです。西暦の一〇一〇年だのに書いたのですから。それはやっぱり散佚（さんいつ）だの欠落だのはします。そこをわたしが書いて埋めてしまってもいいのですが、しかし正確におもいだせるかどうか。また、おもしろいかどうか。この「おもしろいかどうか」は重要です。なぜって、冒頭部の欠落したこのわたしの日記が、「いいや。冒頭にはけっして欠け落ちた文章（記事）はない」といわれることもあって、それは、「この出だしはおもしろいのだから、いかにもいいいいここから書きだされたのである」と主張されているからです。そういわれても、これは日記です。つまり、フィクション——『源氏物語』——とおんなじような気合いはいれていません。わたしが要めとしていたのは、一点めは記録で、それからいま一点が、その日その月その年の、グルーミィさのちかさとおさ。こうした要点をふまえたら、あとは縛られないでいい。そのようにかんがえていました。だって日記なのですから。

それと、もちろん、「書かれてしまったら、読まれる」とはおもっていました。あなたにも、とはおもわなかったけれども。

さあ、いきます。

現代語訳です。

土御門邸に秋が来る。しだいしだいに入りこむ。すると邸内は風雅な趣きでいっぱいになる。しかも、どこがどう風情で、なんて、あんまり的確にはいえない。でもいってみる。池（ここには池があるのよ）の岸辺の樹々の梢。その池に水を通している細い水路、これは遣水というのだけれど、その畔の草むら。それぞれが一面に色づいている。そして空——空の一帯。その深みのある美しさといったら。こうした草木だの秋晴れだの、夕映えだのにひきたてられながら、いちだんと心にしみるのは、読経だ。ご安産をねがって一時もやまずにつづいている僧侶たちの声。それは昼夜間断ない。ほんとうに「一時もやまずに」なのだ。夜の話をするならば、夜は、風がすずしさをまして、いつでも遣水が、さらさらさら……といって（このせせらぎ音も絶え間ない）、それが夜通しの読経と溶ける。風音とせせらぎと経読みのハーモニー。

　そして中宮さまのこと。初産をこの晩秋にも控えていらっしゃる中宮さまのこと。わたしたち女房たちはお側にいて、とりとめのない雑談をする。それを中宮さまはお聞きになって（お年は二十一です。数えで二十一歳）、ほんとうは大儀なのだろうとおもう、もうお身重もお身重だもの、なのにそうしたご様子はあらわされない。なんでもないわ、お前たちも心配しないで、とわたしたち女房たちに暗黙裡にいわれている。そこがほんとうにご立派だ。ということだって、この日記に書いたら「いまさら」でしょう。ただ、この憂鬱な世の中には、こういうお方をわざわざお探ししてでもおつかえする、というのが、やっぱり慰めだ。わたしはなにをいわんとしている？　わたしは、わたしのふだんの心もちがとっても感傷的だといい、感傷的でグルーミィなのだと確認し、にもかかわらず中宮さまのお側においてもらえると、その憂さがわすれられるのよ、といわんとしている。不思議だ。

未明。月がふっと雲に隠れた。木の下影が暗い。

わたしたち女房たちは、「御格子をあげましょう」「でも、掃部のひとはまだ出勤していないでしょう?　わたしたち女房(たちは、主の家に住みこみだ)とちがって、あのひとたちは自宅通勤の女官だから」「じゃあ、女蔵人にたのもう。ねえ?　あげて」等々、いいあっていた。すると鉦が鳴った。後夜の鉦だ。もう午前三時なのだ。いや四時なのだ。この土御門邸の東の対屋には五つの護摩壇がもうけられている。まつられるのは不動明王、降三世明王、軍荼利明王、大威徳明王、金剛夜叉明王で、おつとめをされるのは山門と寺門と東寺。なんという規模!　その定時のご祈禱がはじまった。われもわれも、と声をはりあげるのはその他大勢の僧侶たち。その声がとおい。いいえ、ちかい。響きわたって荘重だ。これを「尊い」という。

もっとも「尊い」のは?　三つはあった。四つかも。観音院の僧正(僧正とは、最高位の仏僧なのね)が、東の対屋を出、二十人の伴僧をひきつれて中宮さまご加持のためにここ寝殿へとお渡りになる。こちらと東の対屋とは渡り廊下でむすばれているから、その床板が、どどどどっと踏みならされる。これは、ほかのどんな行事のときの趣きともちがった。それから修法をおえられて、それぞれ控え所にもどられるお二人の高僧。法住寺の座主（ざす）——一山（いっさん）のトップ——は馬場（うまば）に面した御殿へ。へんち寺の僧都（そうず）——僧正に次いだ地位——は池のむこうの文書庫へ。お揃いの、白い、じつに清潔な法衣（ほうえ）をまとわれて、優雅きわまりない唐様（からよう）の橋をわたって、樹々のあいだにお姿が見え……そして、隠れ……そして、見え……そして、消えた。はるかに見とおせたような気もちがした。わたしは。うん、あわれだった。いまお一人の高僧は、さいさ阿闍梨（あじゃり）で、阿闍梨はみな密教の秘法を伝授されている、そのひとが、西の壇の大威徳明王を腰をかがめて礼拝（らいはい）した。ほら、こうして、もっとも「尊い」のが三つ——いいえ四つ。それから未明という時間帯はおしまいになるのだけれども、わたしが「ああ、夜は明けたのね」と知るのは、自宅通いの女官たちが出勤してきたから。

渡り廊下には二種類ある。ひとつは渡殿（わたどの）、ここの両側は壁や板でおおわれている。

いまひとつ、透渡殿というのがあって、こちらには屋根と柱しかない。わたしの局は寝殿と東の対屋をむすんだ、渡殿、のほうの東の戸口にある。わたしはその室内から庭をながめやっている。これはいつの出来事？　初秋の、うっすらと霧のかかった、朝だ。まだ葉末の露も落ちていない。お庭をながめやっていると、殿のお姿が。このような時刻に、お歩きになっているのだ。道長さまは。随身をお呼びになった。なにをお命じに？　ああ、遣水のごみをお除かせになった。ずうっとせせらぎが絶えぬようにとの、さすがのご配慮。それから透渡殿の南側にいっぱいに咲きそろっている女郎花のひと枝を、折りとらせて、ついで、こちらへ――いらっしゃる。まあ。わたしは隠れて、のぞいていたのに。それなのに局の几帳ごしに、その女郎花をさしだされて。お見せになって。その、堂々たるモーション。ご立派すぎます。いっぽうのわたしは？　寝起きの顔だ、お目にかけられるものではない。殿が「この花の歌を、さあ」とおっしゃり、「さっと詠んでもらわないと、つまらぬ」とつづけられるので、それにかこつけて、硯のそばへにじり寄った。

女郎花さかりの色を見るからに
おみなえしの、いまこそ秋の露にうるおう、この美しい色を見ておりますと
露のわきける身こそしらるれ
そんな露の恵みからは距離をおかれるこの身なのだなあ、など

と、こう作歌する。すると殿は「おお、早いな」とほほえまれて、硯をわが局の外へと望まれて。

白露はわきてもおかじ女郎花
白い露はお前にけっして距離などおいてはいない。おみなえしはね、じつは
心からにや色の染むらむ
この花自身が美しくありたいと願って、そうなっているのだよ

だからお前もなれるさ、とのご返歌。

初秋だったのか中秋だったのか、これはしっとりとした夕暮れ。わたしは宰相の君と二人で話をしていた。この「宰相の君」というのは女房名だ。わたしたちは本名――諱――では呼びあわない。それは忌む名前だから。おおやけにはしない、ということ。宰相の君もわたしたち中宮さまの女房たちの一人で、お父さまが宰相(宰相とは参議のことです。重職です)であったからこうした女房名をもった。わたしは、この宰相の君と親しい。つまり友だちだ。と、簾の端をもちあげるお方が。そのようにして局のあがり口に腰をおろされたのは、だれあろう、道長さまのご長男の三位の君だった。そう、藤原頼通さま。お年は十七歳であられる。でも、そのお年――なにしろ数え年での十七だ――のわりには大人びて。奥ゆかしいのだった。いまもおもいだすのだけれど、その方面の話をしっとりと語られた。つまり愛恋の。「やはり女人は気立てがだいじだとおもうのだけれども、どう？　これがいちばんの高望みなんだろうか」など。まあ。世間はこの頼通さまは「まだまだ子供なのさ」とあなどっている。大間違いだ！　わたしたちがおもわずちぢこまってしまうばかりに、ご立派であられる。しかもタイミングというのを心得ていらっしゃった。うちとけすぎたら悪(あ)し、だ。そうおもわれていたのだろう、「多かる野辺(のべ)に」と古歌の一節を誦(ず)されて、いってしまわれた。女性が大勢いるところに長居をしてはね、まずいよね、との含み。なんと風流なことだろう。まるで物語世界からあらわれた男君(おとこぎみ)のようだ。理想の、というような。

　いまもおもいだす。このようなささいなことを。けれども出来事というのはどの出来事でも不思議なのだ。ひとつのすばらしいことがあっても、それが「すばらしい。興がある」とおもえたのはその場のその一瞬だの、そこからの幾日かだけだったり。そうして、すっかり記憶からこぼれ落ちたり。なぜなんだろう、とわたしはおもうの。

おもい返せるだけ当時をおもい返そう。あのころはどうだった？　たとえば陰暦八月のいつか（旧暦の八月は秋三カ月の中の月なのです）。ここ土御門邸では中宮さまの御前で碁の試合があって、のち、播磨の守が負けわざを催すことになった。負け饗応を、ということ。その日はちょっと実家へ下がっていたので、わたしは立ちあえなかったのだけれども、勝者側への贈りものの御盤はあとで見せていただきました。第一に御盤のその花形の脚がすばらしかった。味わいのある細工だ。そして盤上――これはもう、じつに晴の席にふさわしい洲浜だった。浜辺の景を模している、わたしたちの時代ならではのジオラマ。銀箔でこしらえた水面には金泥の和歌のちらし書きもある。

紀の国の白良の浜、いまの和歌山県の白浜で拾うのだといわれている碁の石
紀 の 国 の し ら ら の 浜 に ひ ろ ふ て ふ

この石こそは君が代のいしずゑともなれる巨石に育ちますよう

この石こそはいはほともなれ

この歌は天禄四年の乱碁の勝ちわざ、負けわざを踏まえている。その二つの催しではあちら——敗者側——とこちら——勝者側——とに新調の扇が交わされた。わたしは自分がまだ誕生していないか、生まれたばかりのころの御代をおもい返して(この記憶はいったいなに?)、それらの扇と、扇をもった女房たちのすばらしさ、ということをかんがえる。

日付とはくさびだわ。おまけに正確な記録というのはこのくさびを要求する。八月二十日すぎに進もう。このころからお邸のありさまがさらに変わりだした。しかるべき上達部や殿上人が、この土御門邸に宿直がちになった。ようするにわが国の中央政府の錚々たる顔ぶれ――これが上達部、またの名は公卿――と、その位階が四位から六位までのあいだにあって、清涼殿（ここに帝が日頃いらっしゃる）の殿上の間にのぼることも許されている男性たちが、おおぜい、ここの夜を護った。翌る月こそは産み月である、という中宮さまは寝殿の東の母屋におられる。だから、警護の殿方たちというのは東の対屋につづいている透渡殿の上だったり、対屋の簀子（板敷きの縁側で、「現代」の語でいったら濡れ縁だ）などに陣どって、みな仮寝をしつつ、つれづれをまぎらわすために管絃の遊びもしたり。若いひとだと琴や笛の音はどうしたってたどたどしい。けれども読経の声を競いあったり――その節まわしの上手下手もね――流行歌を謡ったりしているのが耳に入ると、「さすが若人ならでは」と、やはり、おもう。宿直の夜をいろどるには好ましい。もちろん四十前後の名手たちの合奏にはすなおに唸らされる。たとえば宮の大夫（は藤原斉信さん）と左の宰相の中将（は源　経房さん）と兵衛の督（は源憲定さん）と美濃の少将（は源済政さんで、この方こそは楽器の妙手！）がそろって演奏をする、などという夜。こうなると表だった演奏の催しもついつい期待されてしまうけれども、殿はそうなさらない。お邸の主、藤原道長さまは。やっぱり、おかんがえがあるのだ。なにが中宮さまのご負担になって、なにが慰めになるのか、という。ご深慮。

この期間、土御門邸のありさまを一変させるのは男性たちだけではなかった。この数年は実家に下がっていた女房たちが、「そうだ、ごぶさたがすぎたわ」とおもい起こして、こうした一大事にかけつけ、挨拶するようになった。その騒がしさ、あわただしさといったら。八月下旬には邸内に落ち着いた趣きはまるでなかった、とわたしは記録する。

二十六日。わたしの記憶にあるのは、フレグランスと、ある女の寝姿。ともに讃えたい。まずはフレグランスから。薫物というのは、いろいろな香木や香料を粉末にして、蜂蜜や梅肉などで練りあわせて作る、丸薬の形をしたフレグランスだ。しかも調法はそれぞれの家の秘密で、わたしだってあかせない。だって、中宮さまが製（つく）られたのだから。つまり二十六日に（これは八月の二十六日で、それも寛弘五年のその日で、クリスチャン暦にかえたら十月の……たぶん四日になる）この秘法による薫物がぶじ完成した。壺にいれられていたものが地中からだされた。そして中宮さまはわたしたち女房たちにもお配りになったのだ。その丸薬状のフレグランスを。丸める作業にあたっていた女房たちが多数あらわれて、おすそわけにあずかった。

　その帰り途（みち）だった。中宮さまの御前（おまえ）からのね。すでに記したが、わたしの局（つぼね）は渡殿（わたどの）のその東の戸口にある。おなじ渡殿に宰相の君がひと間（ま）をもっている。これもいったけれども、彼女はわたしの友だちだ。だから、といい切ってしまうが、わたしは彼女の局をのぞいた。出入り口から、そうっと。お昼寝されていた。わたしは服装（いでたち）に思わず、はっとした。下着は萩（はぎ）や紫苑（しおん）という襲（かさね）の色目。そこに濃い紅（くれない）の、とりわけ光沢のある打ち衣（うちぎぬ）をかけて。羽織って。お顔は、羽織ったものに埋もれさせて。

お頭は、硯の箱にのせていて。枕がわりなの。そして、その額の……可憐さ。若々しさ。絵物語のご立派なお姫さまのように、とわたしはおもった。そうなのだ、絵に描かれたフィクション世界からとびだしてきたような、とわたしは瞬間的にかんじてしまったのだ。そのためにわたしは瞬間的にうごいてしまっていたのだ。宰相の君のお口をおおっていた衣を、ひき退けた。もちろん彼女は目をさます。その前に（前に？）わたしはいっていた。「あなたは、物語世界の姫君さながらだわ。その風情は」——と。宰相の君がわたしを見上げる。「あなた、とんでもないのね。相手のことをぜんぜん慮らないで、寝ている人間を起こすなんて」といった。そうよ。わたしは抑制がきかない。わたしはあなたに感動したのだから。少し起きあがった宰相の君のお顔は、まあ、羞じらいにほんのりと赤く染まって。魅力的でございました。とっても端整でもあって。そもそも——宰相の君は——ふだんから美しい。それがさらに映える場面というのがある。あったのだ。わたしはこのことを録さないではいられない。

あなたはどんどんとわたしの日記を読んでいます。どうですか？　もしも「そんなに曲げないでいいいい理解できている感じがする」といえるようだったら、わたしは純粋にうれしいです。「理解できるところと、どうにも『うまくイメージができない。わからない』部分とに、はっきり二つに割れている気がする」といわれても、じつはとてもうれしかったりします。とまどいは、あって当然です。ここは――この日記の内側の世界は――少しも「現代」ではないのですから。一千年以上もむかしなんですから！

けれども、こうもかんがえられます。「たかが一千年では、ひとは変わらないよ」と。

たとえば女人（にょにん）は、ある条件がととのえば子供をはらみますし、アクシデントに見舞われなければいずれこの胎児を出産します。プロセスはいまと変わるところがありません。男性は妊娠、出産ができないのもおんなじです。わたしの日記は八月までの記事だと、まだ、中宮さまのご臨月の前です。九月からがカウントダウンです。お産の、です。わたしはここを見てもらいたいのです。生物としておなじプロセスをたどりながら、なにが、どう、どこまで……あなたには「うまくイメージができない。わからない」のか？　中宮さまのご出産というのはとんでもないサンプルです。けれども、極端なサンプルにはその時代の真髄がやどる、なあんて、おもいませんか？　しかも、中宮さまというのはエンプレスで、つまり天皇（the Emperor）のワイフで、もし、男の子をお産みになったら、その皇子はいずれ将来のエンペラーにもなる、なれる、との可能性をもちます。子がそうなったときの中宮さまのご称号は？　国母です。国——とはジャパン（Japan）です——のマザー。そのようなおひとのご出産の情景には、当時の日本がまるまる、あらわれる。

　そこにもきっと、理解できるところがあって、むりな点も多々あって。

さあ、つづけます。九月です。お産本番の。

九日、重陽（ちょうよう）の節句だった。 なぜって、九月の九日は九が重なって、そして唐土（チャイナ）においては九が陽の数字だから。つまり「九が重なる」ことこそは「陽が重なる」んだとなる。だとしたら、どのような幸（さち）がある？　この日は兵部（ひょうぶ）のおもと――兵部さん――が菊の着せ綿をもってきた。兵部のおもともまた、わたしたち中宮さまの女房たちの一員で、どうやら今日、この時間、中宮さまの御前（おまえ）には殿の奥方がいらっしゃっている（奥方は何人もいるのだけれども、正妻――第一位の奥さま――を北（きた）の方（かた）というのよ。たいてい寝殿の北の対屋（たいのや）に住まわれるから）。兵部のおもとはその遣（つか）いだった。「この着せ綿をね、あなたに、ですって。あなたに特別によ、式部さん」といった。菊の着せ綿とは、その名前のとおり、前夜から菊の花に着せられ

ていいた真綿だ。菊の花には寿命をのばす力が秘められている、とわたしたちは信じている。そうした力が、着せ綿にはうつっているのだ、ともわたしたちは信じている。兵部のおもとはつづけた、「北の方は、これで老いをお拭きとりなさい、念には念をいれてね、ともいわれたわ」。そうなのだ、着せ綿でからだを拭けば——今日、九月九日にそれをおこなえば——若返りが望める。ありがたいばかり。こうした贈りものにはお返しを。それも和歌のお返しを。わたしは詠む。

この自分の袖を、ちょっとばかり菊の露にふれさせて、多少若返ったならば
菊の露わかゆばかりに袖ふれて
あとは贈り主の奥さまに、千年のご長寿をおわたしいたします
花のあるじに千代はゆづらむ

さあ、このご返歌をおひろめして、とおもったら、「もう北の方はいらっしゃらないの。中宮さまの御座所(おましどころ)には。お帰りになられたから」との兵部のおもとの言(げん)。

まあ。無用になってしまった。この日記にはとどめられるけれども、それだけだ。

夜になる。そのまま九日の夜になる。わたしは中宮さまのお側(そば)にまいる。何時ごろ？　あれは美しい月が見られた時刻だから、たぶん午後の七時ごろだ。もちろん伺候(しこう)するのはわたし一人ではなかった。小少将(こしょうしょう)の君がいらっしゃって（この女(ひと)がいちばんの親友だ。この職場での）、大納言(だいなごん)の君もいらっしゃって（こちらの女房もやっぱり大切な友だちだ）、お二人とも中宮さまの御前(おまえ)ではお部屋の端近(はしぢか)に座をしめ、だから御簾(みす)の下からはそれぞれの裳(も)の裾がこぼれでている。室外(そと)に。裳、とはいわゆるボトムスで、たぶん他人(ひと)に見せるためのロング・スカートなのだ、と説明するのが適切。そのために出(い)だし衣(ぎぬ)もする。こういった屋内の御簾や牛車(ぎっしゃ)の前後の下簾(したすだれ)からね。そうすることによって殿方の心を「おどらせる」という効果も、もちろん、ある。しかしまずは室外(そと)よりも、ここだ、室内(なか)だ。中宮さまは先日のあの薫(たき)

物(もの)をとりだされて（つまり八月二十六日のフレグランスよ）、炭火をいれさせた香炉で、そのお出来というのをおためしになった。わたしたち女房たちは、そうして、あらたに調(ととの)えられた魅力的な薫りにつつまれながら、お庭のありさまがいよいよ趣(おもむ)き深い、だの、けれども蔦(つた)の色に関してはまだまだ黄葉(もみじ)にはほど遠い、じれったいですね、だの、口々にもうしあげていた。ご様子がおかしい、と気づいたのはこのときだった。わたしたち女房たちはみな気づいた。いっせいに。これは、ご出産のきざし？　このお苦しそうなご様子は。たまさかご加持の時刻ではあった。お付き添いをして奥の間(ま)へ入った。このとき、だいぶ心はざわついていた。わたしの心は、ざわざわっと。

　けれども、ひとに呼ばれるということがあって、わたしは局に下がった。ちょっと休もう。きっと、ここからが一大事だ。そのためにも……と、こう自分にいい聞かせたら、いつか寝入ってしまった。はっとする。目覚める。夜中だ。邸(やしき)じゅうに大騒ぎがある。「産気(さんけ)づかれたのだ」といっているの？

十日になる。日付が変わるのは午前三時。わたしたちの時代では、そうだった。そして、わたしたちの時代では、お産室にはお産室のしつらえというのがいったし、お産には物の怪どもがかかわるとの常識もあった。お産屋は白一色でなければならなかったし、霊媒たちは——そこからさほど離れず——控えている必要もあった。修験僧とともに。夜明け前からのことを録す。中宮さまの御座所の模様がえがある。御帳台、——これはご身分高き方々のベッドのことだけれども、床がいちだん高い（だいたい三十センチね）、四隅に柱がある、四方に帳が垂れる、そして天井がある。この、中宮さまのための御帳台、がいっきに白一色に変じた。設営にかかわられたのは、第一に殿（藤原道長さま）、それから殿のご子息（頼通さまと教通さま。どちらも北の方さま腹の中宮さまのごきょうだい）、それと四位や五位の者たち。男性たち。ああだこうだといいながら白木の御帳台に白布の垂れ布をかけ、あちらだこちらだといいながら敷物——御座(おまし)用の——をもって右往左往する。どうにも騒々しい。こうした設営が了(お)えられて、しかし（当然ではあるのだけれども）どこまでもご不安そう、それも一日じゅう。そうなのだ、午前三時や午前四時が、午後三時や午後四時になり、つぎの午前三時をめざす。そのあいだ、中宮さまはおからだを起こされる……横にされる……起こされる……そして、また横に。

　霊媒たちをも描写せねば。九月十日の邸内のあれこれ。ここでわたしは御(おん)物の怪と記す。中宮さまに憑(つ)いているのであれば、死霊(しりょう)や生き霊(いきりょう)、はたまた狗(いぬ)、狐などの邪霊であっても、やっぱり敬意の接頭辞はつけねばね。難産というのは御物の怪どものさまたげゆえに生じる。だとしたら、結局、安産をうながすにはこれらのさまたげを除(の)けなければ（ちなみにあらゆる妊婦、あらゆる産婦が、わたしたちの時代には物の怪どもに狙われた。なぜって、妊娠というのは女人(にょにん)たちの「弱り目」だから。ということは、憑きものの側には狙い目となる！）。除去のためには、どのような方策が？　まず、中宮さまの御身から、御物の怪どもをおいたてて、だす。だしたら、捕らえる。これは「霊媒のなかに封じる」ということ。そのために霊媒がいったのだし、修験僧たちがもとめられたのだ。霊媒が、あたしはこれこれ、こういう魂だ――と正体を名のれば調伏の術は完了する。さあ、修験僧たちは名のらせなければならない。そのために、祈る、祈る、それもほんとうに大声で！　ここ数カ月来、土御門邸にはじつに大人数の僧侶たちが詰めていて、そのひとたちはもちろん活躍した、しかし、今日という今日はそんなものではない。山々、寺々からさがしだされてきた修験僧が、たぶん一人のこらず参集している、そして念誦している。その結果、邸内には三世の仏（とは前世、現世、来世の諸仏だ）がいらっしゃって――もう示現なさっているはず――、ああ、なんという灼かさ。わたしは、こう想像した。それに世界というのは仏の世界だけではない。神の世界もある。つまり仏道（仏教）に対しての神道。また陰陽道。世に「わたくし、陰陽師です」と名のる者はおおいのだけれど、それらもみな召しあつめられた。そして祈禱している。

祓う、祓う。これを八百万の神が耳をふりたてて聞かないということはない。そんな神はひと柱もいらっしゃらないはず。と、わたしは目にしたことを記録する。耳にした事物、情景を記録する。この日記に。わたしの推察もだけれど。
寺院に誦経をたのみにやる遣いというのもいて、これも大騒ぎしながら出立をくりかえす。日付が変わるまで。夜が明けるまで。うん、夜は明けた。

十一日のことを記述する前に東西南北のありさまを描出する。ここ土御門邸の、寝殿の、母屋の、中宮さまの御帳台の――白一色のお産屋――その東西南北だ。東側。内裏の女房たちがいる。参集し、控えている。帝が派わされたのだ。西側。御物の怪どものとり憑いた霊媒たちがいて、これは御屏風一双の囲いのなかにめいめいがいる。几帳をその出入り口に立てて、修験僧が一人ずつ、つまり一対一で調伏にあたる。それぞれに声をはりあげて。南側。こちらには僧正がいる。僧都がいる。

つまりご身分ある僧侶たちが多数、どころか、それこそ密になって座していて、不動明王の生きていられるお姿をも法力にて顕わしかねないほど。高僧たちは中宮さまのご安産をたのまれる、また、いまだご安産にいたらない現実を怨まれる。たのむ、怨む、たのむ、怨む、そうして声を嗄らした。全員が。ほとんど鬼気せまる。北側。母屋と北廂（名前のとおり北側の廂の間で、廂の間というのは「細長い部屋」をイメージしてもらえば足りるわ）のあいだは、お襖でしきられる。そのお襖と御帳台との隙間を、ここは幅三メートルもないのだけれども、なんと四十人を超える女性たちが埋めていた。わたしたち女房たちが。あとで勘定して、これほどの人数だったと確認した。どうりで、いささかも身動ぎできないし、そのために（わたしも）あたまはぼうっとなるし、わけのわからない状態だった。いまごろになって実家から馳せさんじる女房たちもいて、「あたしも座らせてほしい。あたしたちも中宮さまのお側へ」と望むのだけれど、どこに余裕が？　そして、これはだれの裳の裾？　これはだれの衣の袖？　わたしのはどこ？　いっぽう古参の女房たちはといえば、しのんで泣いたし、おろおろした。中宮さまは——どうなられるの？

まる一日が経過したのだ。邸内のだれもが「これはたいへんなご難産だぞ」とみとめている。わたしは神の世界があると書いた、わたしたちの時代には。九月十一日、これは暦によればどんな日？　これは「日遊がうちにある」日。その日遊というのは、どんな神？　産婦を祟る神だ。そしてうちとは母屋のことであるから、中宮さまの御帳台はもはやここにはおけない。ここには、母屋には。暁に御帳台のその北側のお襖がふた間ぶん、とり払われた。そして中宮さまが——白一色のお産屋ごと——北廂にうつられた。そこだと御簾は垂らせないので、いくつもいくつも御几帳を重ねて立てて、この囲いの内側においでになる。ご加持もうしあげるのは、もちろん僧正、それからきょうちょう僧都と法務僧都も。みなさま、お側にあった。院源僧都はご安産の願文を読む、これはきのう、十日のうちに道長さまがお書きになった文章（漢文だ）で、さらに僧都が加筆して（かずかずの尊いお言葉だ）、いま、朗々と読むのだ。読みあげつづける。骨身にしみる厳(おごそ)かさで、至上の頼もしさだともいえた。ご安産の願いは、きっと……かなう！　しかもだ、道長さまもこれに添えて祈念もうしあげている。頼もしさはいや増した。もう、だいじょうぶだ、もう。わたしはそうおもっている。わたしたちはそうおもっている。なのに、ひどい悲しみに衝(つ)かれている。わたしたち女房たちは、だれもが涙をながしてしまって、乾かせない、ごまかせない。「こんなの、縁起でもない」といっても。「こんなに泣いたりしたら、ほんと、だめ」といいあっても。おたがいを叱りあっても。それでもやっぱり、わたしたちの頬には、落ちる涙。

お産屋のまわりはそれにしても人間(ひと)がひしめきすぎていた。中宮さまのご気分は、一層悪いことになっておいでだ、と道長さまは判断された。そして女房たちを大半、そこ北廂からは去らせた。たとえば南面の間(ま)――母屋の内側――や東廂(ひがしびさし)へお散らしになった。そうしてしかるべき方々ばかりを北廂のふた間に残される。殿の奥方、すなわち中宮さまのお母上はその筆頭。わたしたち女房たちのあいだからは宰相の君、なぜならば彼女こそ、もうじきご降誕（のはず！）のお子の乳母となるから。それと中宮さまにつかえる女房ではないのだけれど、このお邸にはつかえていて、助産に関しては「スペシャリストだ」と信頼あつい内蔵の命婦。御几帳のなかにはこの三人。殿は仏僧もお二人お呼び入れになって——御几帳の内側にだ——それは仁和寺の僧都の君および三井寺の内供の君で、というのもお二人は北の方のお兄さまだったり甥御だったりなのだ。殿はもう、万事に大音声でご指示なさるから、僧侶たちの念誦が聞こえない。いいえ、そうした念誦の声々はしているのに、まるでしていないとかんじられてしまうのだ。

北廂には御帳台のさらに西側のひと間というのがある。そこには以下の者たちが残された。じつはわたしもふくまれるのだけれども、女房たちだと大納言の君、小少将の君（どちらもわたしの友人だ、とはもう説いた）。それから宮の内侍。弁の内侍。中務の君。大輔の命婦。大式部のおもと、——この大式部さんは殿の宣旨女房です。帝からの詔（おおせつけ）を伝える役。どの女もみんな中宮さまや土御門邸に長年おつかえしているのだから、うろたえにうろたえて案じる様子であるのも当然だ。いっぽう、わたしは？　まだつとめだして二年……三年にもならない？　わたしが「中宮さまをお見慣れもうしあげている」といったら、そんなのは絶対におこがましい。だけれども、ああこれはほんとうに……例をみない事態になってしまったとわたしが認識したというのも事実。口にはださなかったけれども。

このようなわたしたちのうしろ、とは北廂からながめての母屋側のことだけれども、そちらとの境いには几帳が立てられている。ここまで無理矢理に入りこむ女性たちもいる。たとえば内侍の督（これは道長さまの次女。お年は十五）づきの中務の乳母。姫君（とは道長さまの三女。齢は十歳）づきの少納言の乳母。いと姫君（とは稚けない姫君の謂いで、この道長さまの四女はまだ二歳）づきの小式部の乳母。北廂におかれた白一色のお産屋と、これに模様がえをする前の、ふだんの御帳台の材料——白木でもなければ白布類でもない——とのあいだは、狭い通路になっているといえばいえる。が、だれも通れない。にもかかわらず往き来（ゆきき）しようとするものだから、やたら身動（みじろ）ぎして、じたばたして、おたがいの顔も区別、識別ができずにいる。いま女性たちの動向ばかりを記したけれども、男性についても記す。殿のご子息――頼通さまや教通さま――と、殿の甥御の宰相（さいしょう）の中将（藤原兼隆（ふじわらのかねたか）さま）に、北の方の甥御の四位（しい）の少将（源（みなもとの）雅通（まさみち）さま）。ここまではわたしたち女房たちにも「親しい」といえる殿方たちだけれども、左の宰相の中将（先月の二十日すぎから宿直（とのい）がちになっていた、源経房（つねふさ）さん）や宮の大夫（だいぶ）（こちらも同様の、藤原斉信（ただのぶ）さん）になると、こうした男性たちまで御几帳ごしに――ややもすると――のぞきこんだりするから、わたしたち女房たちは泣き腫（は）らした目などを見られる。そういうのは、たいへんな羞（はじ）のはずなのに、わたしたちは、羞恥なんてわすれてしまっている。ふだんだったら赤面もののなにもかもを、だ。たとえば邪気を祓（はら）うための米（これを散米（うちまき）というのよ）が、わたしたちの、わたしのあたまの上には雪のように降りかかっていた。着ているものも、おし潰（つぶ）されて……ぺっちゃんこだった。いったい、どこまで不恰好だったことだろう？　ふりかえると、こうして日記にしたためながらも、ちょっぴり（は嘘だ。うんと）笑えたりもするのだ。

でも、その日にはぜんぜん笑えていない。中宮さまが産気づかれてから、これで何時間……何十時間？　邸じゅうが張りつめていた。わたしたちの時代には産褥での死ということがままある。もしかしたらままよりも——もっと——頻発する。わたしたちはなにかに頼りたいのだけれども、産院もなければ産科医もいない。それでは、どうする？　中宮さまのケース（寛弘五年、九月十一日、午前）は、こうした。仏たちに頼ったのだ。しかも、加持、祈禱のさらに一歩さき。中宮さまの頭頂部の御髪を、ほんの少しお削ぎもうしあげて、御戒をお受けさせもうしあげる。御戒とは仏道の戒律で、たとえば「殺生はしません」と誓う、「偸盗（盗み）をしません」と誓う、ほかにも誓う。けれどもわたしがつぶさに説明したいのは、御髪をお削ぎに、のほうであって、これは出家にともなう剃髪だ。男性ならば髪と髭を剃って、女性は髪を切る。ということを、中宮さまはなされたのだ。形式的に、だけれども（だから「ほんの少し」だけ切られたのだった。ご頭頂の髪が）。とはいえ――このような儀式までも必要とされる、なんて。そうした段階にいたってしまった、なんて。わたしは目が晦む心地がした。どうしたらいいの。どうしたらって。これはどういうこと。どういうことって。自問自答してもはじまらないのに自問自答している。時間がすぎる。悲しさにほとんど呑みこまれる。でも、そこから浮上した。なぜって、安らかにご出産あそばされたのだ！　しかし後のことがある。いま婉曲的に表現したけれども、ようするに後産だ。胞衣がでなければ、結局、産婦は死ぬ。これはもう、ぜったいに死ぬ。「ご平産だったから」とは安心はできないのがわたしたちの時代なのだ。わたしたちは、何分まつ？　長かったら……まずい……長すぎたら。ここ土御門邸の、あれほどひろい母屋、その南――南廂、その南側の簀子の高欄（とは濡れ縁の、落下防止用の手すりのこと）にいたるまで、いっぱいに押しあい圧しあいしていた僧侶たち俗人たちが、もう、だれもかもが大声で祈りをあげる。ここぞ、と。ふたたびの――いまひとたびの――祈りの響めき。みんな額ずいた。つまり母屋で、南廂で、そうして高欄のところまで。

東は？　つまり、わたしは北廂にいて、お産屋に南面するところを描出した。では東面する間は？　そこ東廂は、中宮さまやお邸づきの女房たち、内裏の女房たちのみならず、殿上人たちもいた。女性たちはいろいろな男性たちと入りまじって座らざるをえない状態になっていた。すると、どうしても「その日には笑えないのに、後日には笑いの種」という事態も生じる。わたしたち中宮さまの女房たちの一人の小中将の君が、気がついたら左の頭の中将（とは源　頼定さんで、だいぶ色男）と顔を見あわせていて、ぼうっとしていた、など。この一件はみんなが後日もちだして「あんな場面、ありえないわよね」と笑った。というのも、小中将の君はいつだって化粧はなまけないいい美人で、この日も夜明け前に、ばっちりとメークしていた。要めは四点――ぬられる白粉に、さされる紅、ひかれる引眉、歯黒め。でも、小中将の君だって目を泣き腫らした。午前じゅう落ちつづけた涙はコスメティックスをところどころ剝がした。それはもう無惨で。「この女は、ええっ、だれ？」とわたしたち同僚たちにいわせたほど。以上は、聞いた話だ。じかに目撃はしなかった（東廂での出来事なのだもの）。わたしがじかに目にしたのは、わたしの友だちで見目うるわしい女房の、宰相の君の、その面変わり。あの方のああしたコスメティックスの崩れは――お崩れは、それはもうほんとうに珍しいことでした。ひるがえって自分は？　何倍もひどかったのは確実。どれほどの見目悪か……とはおもうけれども、さいわい、わたしたちはこの日のこの瞬間に目撃しあったおたがいの様子を、記憶はしていない。運がいいのだ。

　でもやっぱり、笑えないことを。だからご出産時までの記録にひき返して、おぞましい事柄を、ここに。書きとどめる。そうすることで始末をつける。わたしはすでにわたしたちの時代には「お産には物の怪どもがかかわる」と認識するのがノーマルだったのだと記した。だとしたら、どうなっている？　中宮さまに憑いた御物の怪どもは、そうなのだ、口惜しがっている。これでは中宮さまのご出産はぶじにすんでしまうからだ。だから「さあ、お産みになるぞ」という局面でこそ、御物の怪どもは喚いた、口惜しいぞ妬ましいぞ、と吼えたてた。これだ。この……おぞましさ！　白一色の御帳台——お産屋——からさほど隔たらずに霊媒たちが控えている、とわたしは説明した。修験僧とともにだ、とも補足した。霊媒（だいたいは幼い女の子がつとめるの）を準備したのは中宮さまの女房たちのうちの、たとえば女蔵人たち。監の蔵人が用意した霊媒には、調伏担当として心誉阿闍梨がついた。兵衛の蔵人がだしたのにはそうそという方。右近の蔵人の調達した霊媒には法住寺の律師。律師、とは僧都に次いだ位だ。宮の内侍もまた霊媒をだしている。その御屏風一双の囲いの内側にちそう阿闍梨が入って、御物の怪と交渉していたのだけれども、とんでもないことに阿闍梨のほうが物の怪にひき倒された。なんて悲惨な！

だから念覚阿闍梨がアシストに入った。そして大声で祈禱する。ちそう阿闍梨の験力が弱いというのではなかった。御物の怪があまりに徹底して頑強なのだ。宰相の君もこの霊媒の調達にかかわっていて、祈禱の係には叡効を添えていた（この叡効と心誉阿闍梨とは、ともに加持に優れると評判なのだ）。そして前夜からのことをいえば、こうした面々がひと晩じゅう大声をあげどおしだった。だれもが声を嗄らした。いっぽうの霊媒たち——女の子たち——は、御物の怪どもにのりうつられてしまえばいいものを、なかなか万全には憑依されない。結局、怒鳴られたりした。これらいっさいがっさいの不気味さ、おぞましさ。

しかし、それももう終わりだ。お昼に——午の時刻に——無缺のご安産が判明した。空が晴れわたった、とかんじた。朝日がさしだした、ともわたしはかんじた。もう正午なのに！　このうれしさは比類がない、と書きしるしたけれども、そのお子が、男児……皇子でさえいらっしゃったのだから、比類のなさのよろこびはさらに類を絶した。どうして、そうならないことがあって？　わたしたち女房たちは、たとえば昨日はずっとしおれつづけて、けさは秋霧のように涙にむせんでいた者などが、やっと自室（とはそれぞれの局のことだ）で休息できる運びとなった。みな、母屋から北廂から東廂から、おもいおもいに立ち去る。中宮さまの御前には年輩の女房たちのうち、こうした場面――お産後など――には適材だとおもわれる女ばかりが残された。

あなたはわたしの日記をのぞきつづけて、いま、プリンスのご降誕に立ちあいました。そうなのです、天皇がエンペラー（the Emperor）で中宮がエンプレス（the Empress）なのですから、皇子というのはプリンス（a prince）です。この二つの括弧の内側の、英単語の冠詞にも注意してもらえるとたすかります。プリンスのほうにはtheはついていません。どのような条件がそろったらプリンスにもtheがつけられるのでしょう？　皇位の継承が約束されるにいたったら、です。すなわち皇太子になれば定冠詞theは冠されるのです。英語での皇太子はだいたいクラウン・プリンス（the Crown Prince）といって、ほら、ここには王冠（クラウン）がありますね？　まさしく冠されるものです。わたしがこの日記を書いていた当時、皇太子はたいがい春宮（とうぐう）と呼ばれていました。

　ほんの少し想像してもらえればわかりますが、皇子や皇女（おうじょ）――プリンセス（a princess）――は幾人でも誕生しえます。むしろ「そうするため（多数のプリンスとプリンセスを誕生させるため）」に後宮（こうきゅう）はあったのだともいえます。ただのプリンスやプリンセスには不定冠詞のaしかつかない、とはそういうことです。そして、順番に説いてゆきますけれども、プリンセスたちは皇太子にはなれないわけです、そもそも。皇太子とはクラウン・プリンセスではありませんから。まずは男児に生まれなければならないし、それから——ここにはおおいに「政治」が関係しますが——春宮に選ばれなければならない。ここまで段をのぼったら、その子は将来のエンペラーになる、なれる、との可能性を確実にもちます。

けれども逆むきにもかんがえなければなりません。

まずはプリンスとして生まれないと、ということです。その前に、まずは帝のお子として生まれないと、ということです。プリンスに転ぼうがプリンセスに転ぼうが。さらには——なににもまして——まずは帝のお子をはらまないと、母になるおひとが、ということです。わたしは以前、「条件がととのえば女人は子をはらむ」といいました。一千年以上もむかしであろうと現代であろうと、そこはおなじだと。しかしながら条件には難度というのがあります。ひとつひとつの条件に難度が。これの高すぎる空間こそ、後宮です。

さあ、ここまでの解説をふまえて、中宮さまのこのご出産に臨みなおします。土御門邸が、いかに沸いているかは、そうとうビビッドにうけいれることもできるのでは？　土御門邸の主（あるじ）、藤原道長さまは、すでに大政治家ではあられます。だけれどもこの日のこの場面でこそ、なにかが起きた。お子はプリンセスではなかった、男児——プリンスだった。すると殿の「政治」力をもってするならば、このプリンスが春宮——クラウン・プリンスに選ばれるという公算は大である。もし、事態がもろもろ順調にゆけば？　この家からは……殿のお邸（やしき）からは、国が生まれたのだ、ということになる。国——ジャパン（Japan）——が。そうなのです。天皇とは国家、国政そのものの体現。あなたはわたしの日記を読みすすめて、ここにいま日本（ジャパン）が生まれおちるのを目にした。

　そのような見込みが、あるのです。

　それほどの晴（はれ）の出来事なのですから晴の儀式がいります。それもたった一日のたった一度の儀式ではじゅうぶんではありません。この日記の現代語訳で、わたしはすでに「わたしたちの時代には産褥死（さんじょくし）がままあった」というように言葉をおぎない語りました。つまり母たち（妊婦たち、産婦たち）の死亡率の高さに言及したわけですけれども、それ以上に高いのが子供たち（乳児たち、幼児たち）の死亡率です。ですから、わたしたちの時代、わたしたちは「子供が死なない――まだ死んでいない」ということじたいを祝する必要があった。そこで誕生の三日めや五日めの夜には祝宴がはられて、これらは産養（うぶやしない）といわれました。九夜めが最後で、合計四度催されます。まさに晴の儀式ですが、それでは誕生――プリンスのご降誕――の当夜には？

御湯殿（おゆどの）の儀（ぎ）がありました。酉（とり）の時刻ですから、いまでいう午後六時ごろです。新生児は産湯（うぶゆ）につからなければなりませんね？　もちろん、産湯には誕生の直後にはつかりますけれども、それを形式にのっとったイベントとしたものが、この御湯殿の儀です。一日に二度、それが七日間つづいて、盛大な弦（つる）うち（矢をつがえていない弓を、びゅんびゅん鳴らすのです。しかも二列にならんだ二十人もの担当者がです）なども毎回ともなわれます。お湯をつかわしてさしあげる役が宰相の君――ご降誕になった皇子（みこ）さまの乳母――でした。また、宰相の君をアシストする役（「おん迎え湯」といいます）は大納言の君がつとめました。つまりわたしと親しい女房たちが儀式のいちばんの要所にいるのだといえました。二人とも湯巻き姿をして、特別な風情をかもして。

これが当日の夜の儀式でした。まことの慶事のためのまことの晴儀の、その一回め。こののちに産養の、その三日めの夜、五日めの夜、七日めの夜、おしまいの九日めの夜とつづきます。これらの宴の主催者は毎度かわります。七夜めがもっとも格式の高いお方に担われるのが通例で、ですからこのたびは皇子のお父上の今上天皇、the を冠されたエンペラー、朝廷主催となりました。帝からの豪華な贈りものが目録として届けられました。わたしはどなたが勅使であったかも記しました。その他、つぶさに記録しました。記録とはこの日記の要めですから。それの一つですから（あと一点、ふまえた要めはあります）。五夜めの産養の主催者に関しても、わたしはここにご紹介を挿みましょう。殿でした。つまり皇子のおん外祖父、道長さま。この五夜めというのはちょうど九月十五日で、わたしがちょうどといったのはほぼ満月にあたるからです。旧暦は月が「満ちる、欠ける」を基準にしています。けっして十五夜に三日月や半輪の月が見られるようなことはないのです。そう、よい月でした。殿のご奉仕にふさわしかった。つぎの夜もまた美しい満月で、こちらの晩のこともわたしはつぶさに記しました。わたしは、それぞれの祝宴の引出ものがどうであった等のほかに、そして、どう邸内がにぎやかになって等のほかに、女房たち――職場仲間――のファッションにもだいぶ言葉をついやしました。描出の言葉、記録の言葉をです。わたしはだいぶん冷静にチェックしていたのではないかとおもいます。コーディネートがどうだった等。そこに配慮はこめられていたか等。扇の趣向もしっかり観察して、その風流の有無をあまさず録しました。わたしは、女人ならではの日記にわたしの日記をしよう、とおもっていたのです。それからまた、見ていないことは「自分の目では確認していない」と断わりをいれよう、ともおもったのです。わたしにだいじだったのはわたしの目（観察眼）だったのです。

九夜めの産養は頼通さまが主催されました。頼通さまはご降誕になられた皇子の叔父さまにあたられますから。この祝宴の作法はなんとも現代（いま）ふうでした。そのように記したわたしは、一千年以上もむかしを生きていたわけですけれども（つまり、その現代（いま）は寛弘年間なのであって「現代」ではありません）。わたしはこうして、十月十日すぎまでの記述をすすめて、……おや？

十月十六日には、帝の、ここ土御門邸への行幸（みゆき）があるのですけれども（行幸とは天皇のおでましのことです）、わたしはそれまでの土御門邸での出来事を、要約してしまいました。

そのうえでおもうのは、要約というのは欠落や散佚（さんいつ）とはまるでちがうのだな、ということです。

あなたは「そこに、なにが（どのような記事が）書かれていたか」を、もう知っている。

あなたがご存じない箇所というのはあります。そのように欠落した文章（記事）はこの日記のオープニングに存在しました。すでにわたしは「この日記のほんとうの出だしは、欠けています」うんぬんと説明しました。これは現代語訳の前口上にもあたっていたはずです。その際、わたしは、あわせてつぎのようにも説きました。この日記の要めは二点、一つは記録で、いま一つが「その日その月その年の、グルーミィさのちかさととおさ」なのだと。ところで、この二つの要点のうちの一つめが、ちぢめられるのだ、とさきほど判明しました。いわば要点の要約です。けれども、それならば残った二点めのほうはどうでしょう？　わたしのグルーミィさは、いまだ、じゅうぶんにはさらけだされていない。あなたに「伝えきれる」域には、ぜんぜん、ゆきついていない。だとしたら？

　わたしは、そこをこそ優先的に現代語訳して、前進すべきだとおもいます。

　それ以外は要約でもよいのだ。用は足りる、と判断します。

　いきます。十月の、これは、何日だろう？

(ここには池があるのよ)とわたしはささやいた。かつて、一度。そっと。ここは土御門邸だ。その土御門邸にじきに帝がおでましになるのだった。その行幸(みゆき)の日はしだいしだいにちかづいたのだった。すると邸内はさらに風雅に、いちだんと優雅に、豪華に、道長さまのお手によって飾りたてられる。どこからか(どの庭園からだろう?)美しい菊の根を探しだし、掘りおこして、ここ土御門邸にうつし植えられた。菊だ。菊の花はそもそも二度あじわわれる。というのも、第一に盛りの時期と、第二にその盛りをすぎてから色彩がたとえば紫がかる時期と。紫……紫。菊の花には寿命をのばす力が秘められている、とわたしたちは信じている、とわたしは前に記した。この南北二町の豪邸(マンション)である土御門邸には、いま、ほら、菊、菊、菊の花があって、それらはとりどりに色変わりしていて、黄色がちょうど見盛りであるのもあって。すばらしい。すごい。植えかたの趣向もけっこう。わたしはそういうお庭を、渡殿(わたどの)の、わが局(つぼね)のある東の戸口からながめていて、そうなのよ、朝霧の絶え間にながめやっている。こんな光景にふれていたら老いはさっさと退散しそうだ。むかしからいわれているとおりに。ほんとうに、むかしから「菊の花は延命に効(かい)あり」といわれているとおりに。でも。でも? まして。まして? もしもわたしが尋常な……つまりノーマルな感性の持ち主だったら、わたしはこんなに感傷的(ブルー)にはならない。そして、そんなふうにノーマルだったら、いま、この現時(いま)も、風流をきっと「風流だなあ」とストレートに讃(たた)える。そうした讃美をもって「わたしという女性(にょしょう)は、風流がわかっておりますよ」とふるまう、周りにむかっても。つまり、若々しいふるまい? そんなふうに若返ってしまって、この無常の世をすごすのだ。きっと。きっと、標準的であれば。でもこのわたしはそんなふうなノーマルさからは外れてしまっている。すばらしいことがあっても、おもしろいことがあっても、そうした事柄を見聞きしても、ただ……やっぱりグルーミィさにひきずられてしまって、つまり憂愁の渦にひきこまれてしまって、つらい。いろいろとおもうにまかせないから、歎き(なげ)ばかりがまさって、苦しい。それは、もう、ほんとうに苦しい。わたしは「どうにかしてわすれてしまおう、この憂鬱を」とはおもうのだ。悩んでどうなる？　どうにも。それどころか、仏の御教(みおし)えに照らしたらこういう陰気さやなにやらに捕らわれること、それじたいが罪だ。わたしは罪が深いのだ。わたしの罪は。この罪障(ざいしょう)。そんなふうに陰鬱(グルーム)、陰鬱(グルーム)、グルーミィとおもっていたら、夜が明けはなれて（そう、わたしはぼんやりしていたのだった）、この渡殿のこの場所からはお庭の池も望める。そこにはなにがいる？　水鳥たち。その群れ。なんだか無心に……遊びたわむれている。

あの水鳥たちは、あの水上で、わたしとは無関係に遊んでいるんだ、なんて
水 鳥 を 水 の 上 と や よ そ に 見 む
かんがえるのは馬鹿げたこと。こちらも憂き世に浮かんでいる
わ れ も 浮 き た る 世 を 過 ぐ し つ つ

鳥は、あんなに満足そうに遊んでいる、とちょっと見にはおもえる。でも、鳥じしんの身になってみれば？　きっと苦しいはず。つらいはず。それがわたしにはわかる。なぜって、わたしたちは相通じているから。陰鬱（グルーム）、陰鬱（グルーム）、グルーミィ。わたしは、そうかんじる。

この職場でのわたしのベスト・フレンドは小少将の君だ。かけがえのない同僚。けれども、いまはちょっと「里下がり」している。土御門邸をはなれて実家（さと）にもどっている、ということ。一時的にだけれど。さみしい、というおもいはわたしも彼女もいっしょだった。実家（さと）から手紙をお寄こしくださった。わたしは返事をしたためていた。と、時雨（しぐれ）だ。ぽつぽつと、さっと。空がいちめん暗い。手紙の使者は「そろそろ帰りませんと」といったので、わたしは急がねばならなかった。「わたしの心は、ざわついています。空の様子もまた、おんなじです。ざわついておりますよ」って書いた？　かもしれない。つたない一首を書いて添えた、ということはおぼえている（そうだったろうか？）。その後に、もう晩い時間に、また一通、彼女から届いた。紙は、濃紫の雲のかたちを、ぼかし染めにしてある。そこにつぎの歌がのる。

絶え間ないこの空の雲。絶え間ないわたしの憂愁。どちらも時雨を降らして
雲間なくながむる空もかきくらし
これって我慢しつづけて、とうとう落ちた雨？　そういう涙？
いかにしのぶる時雨なるらむ

わたしの贈った歌は、最初のは……どういうのだったろう？　おもいだせない。でも、返しを詠む。

このような時節、降ることは当たり前の時雨の空に、雲の絶え間もあります
ことわりの時雨の空は雲間あれど
けれどもわたし（たち）の憂愁は？　袖を涙で濡らしっぱなし
ながむる袖ぞかわくまもなき

会いたい、とおもった。ベスト・フレンドに。

質問です。わたしたちの時代にわたしが「シングル・マザーで、フィクション・ライター」であったという事実は、あなたにどのような印象をあたえますか？　わたしのグルーミィさはあなたからとおいですか。あなたはあまり鬱々とはしない？　もう一度わたしは自分のプロフィールを説いてみます。わたしはシングル・マザーでありました、と。わたしは藤原宣孝（ふじわらののぶたか）のワイフでありました、と。宣孝は一〇〇一

年に没しました、と。それは急逝でした。具体的なことをいえば、長保三年——これがクリスチャン暦の一〇〇一年です——の四月二十五日に。死因を語ります。その前の年には、もう、ウイルス性の疫(やま)いが世にひろがり、大流行にいたっていたのです。それはいまでいうパンデミックでした。いいえ、そうではありませんね、エピデミックでした。三月十日には百人の仏僧による法会(ほうえ)があって、疫病の根絶が祈られて、四月十二日にも大祓(おおはらえ)の神事、これは臨時のもので、なぜならば流行病(はやりやまい)をうち攘(はら)わなければならなかった。さらに疫神(えきじん)——厄病神(やくびょうがみ)です——を鎮(しず)めるための御霊(ごりょう)会(え)が五月九日にありましたが、その前に宣孝はいのちを落としています。京の都(みやこ)じゅうのエピデミック。による頓死(とんし)。による喪失。なにがわたしからうしなわれたとあなたはかんじますか？　たとえば経済的なことは、もちろん。一家の支柱がうしなわれた（奪われた）のですから。わたしはおもいました——「この世は、憂(う)し」。

　けれども日記に沿いなおします。水鳥と陰鬱(グルーム)でしたね？　小少将の君とわたしのやりとり、グルーミィさの交換（の文通）でしたね？　ここまでが十月十日すぎの、けれども日付のくさびはいれなかった記述。それから行幸の当日となって、これは十月の十六日です。わたしは、読み手に、なにごとかを水鳥から連想させようと図ったわけではないのですけれども、土御門邸のお庭のあの池に新造の船が浮かんで、これは二隻で（行幸のために造られた二隻一対の装飾船だったのです）、一つには船首に鳥の彫りものがついていて、とは記録しました。そこにはミュージシャンたちがのったのですね。船楽を奏でたのですね。帝のご一行を――お迎えするために！　この行幸に関して、この十月十六日に関して、わたしは次いで女房たちのすばらしさを描出しました。内裏の女房たちとわたしたち中宮さまの女房たちとの、晴の日。お化粧のさまを記録しました。装束のコーディネーション、たとえば襲の色目、を徹底的にレポートして、「天女たちだ」とも描写しました。まあ、いろいろな天女があらわれたわけですけれども（ここには皮肉もあります）。

この日にはハイライトは、きっと、一つだけです。父子のご対面です。どなたとどなたの、をいうも疎かではありますが、今上天皇すなわちエンペラー（the

Emperor）が皇子すなわちプリンス（a prince）と、とうとう、フェース・トゥ・フェースの場をもたれた……。この日まで、お二人にはそのことがなかったのです。ご対面が。この日のこの瞬間まで、帝は、若宮……プリンスをお抱きなさることがありませんでした。若宮さまは若宮さまで、お父上のお胸でお泣きあそばす、ということが（ほんの少しも、ただの一度も）なかった。

が、それが、とうとう。

ハイライトです。

陛下は国の体現であらせられますから、ここに日本が、やがて日本となる可能性を発せられるお方（存在）を、ご抱擁あそばされた。そうした一場面。

翌日は？　翌る十七日には初削りの儀がありました。若宮さまの御髪が、ご降誕後、初めて削られました。行幸が終わったのだから、ということで。

その後は？　晴儀にフォーカスするならば最大の出来事は五十日のお祝いです。すなわち、子供が生まれてから五十日めの儀式。この特別の祝宴が十一月一日に催されました。ほんとうは十月三十日こそ五十日めにあたっていたのですが、日が悪かった。それでこの日と相なったのです。この日は、この祝儀の主役に、お餅を供します（口にふくませるだけです）。供するための食膳は、幾枚ものお皿もお箸の台も、どれも小作り(ミニチュア)で、まるっきり愛らしいのです。祝いのお餅は、殿、藤原道長さまがお手ずから若宮さまにさしあげられます。

　おや？　またもスムーズに要約がすすみました。これで土御門邸にて開催された晴の儀式のいっさいが、もう説明し切れてしまいました。というのも、中宮さまの「里下がり」は永遠につづくものではありません。そもそもご懐妊とご出産のことがあっておこなわれたのですから、若宮さまご降誕のいま、還啓(かんけい)の必要が生じた。還啓とは、行啓(ぎょうけい)さきからおもどりになること、です。また、行啓とは、エンプレス（皇后、中宮）や前(さき)のエンプレス（皇太后）らが外出なされること、です。エンプレスは内裏におられるのが常態です。そこに復される。その還啓の日どりはこの月——寛弘五年十一月——の十七日と定まっている。クリスチャン暦にかえると十二月の下旬、たぶん二十三日です。そして、御所（ごしょ）に還（かえ）るからには相応の準備を。それは中宮さまと、わたしと、でなされます。

質問です。わたしとはだれですか？　いちばんシンプルな回答は――「シングル・マザーで、フィクション・ライター」。

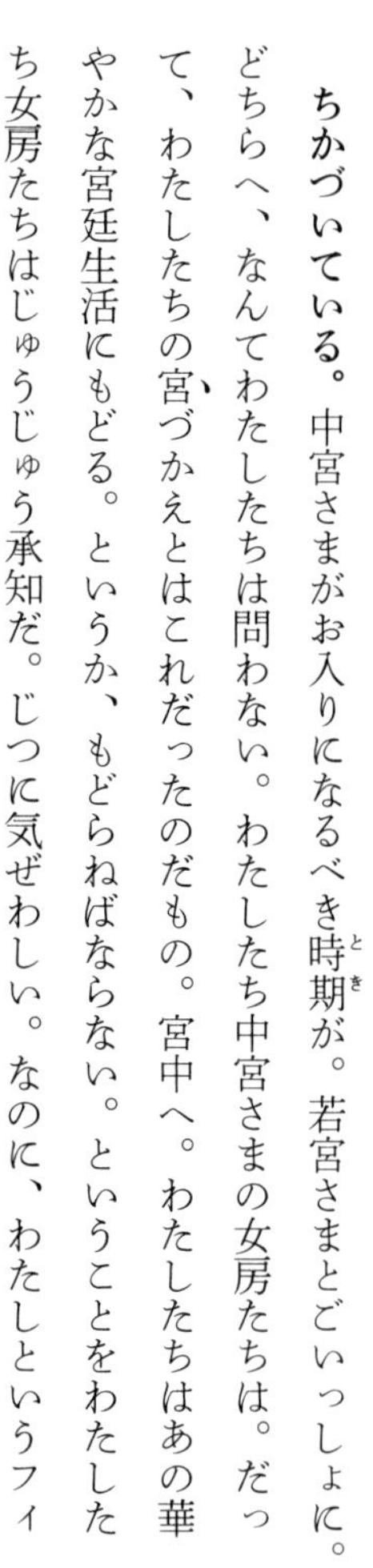

ちかづいている。中宮さまがお入りになるべき時期（とき）が。若宮さまとごいっしょに。どちらへ、なんてわたしたちは問わない。わたしたち中宮さまの女房たちは。だって、わたしたちの宮づかえとはこれだったのだもの。宮中へ。わたしたちはあの華やかな宮廷生活にもどる。というか、もどらねばならない。ということをわたしたち女房たちはじゅうじゅう承知だ。じつに気ぜわしい。なのに、わたしというフィクション書きにはわたし用のミッションというのがある。中宮さまは、物語の冊子（そうし）

（糸とじ本）をつくられる。豪華本を、だ。わたしは、夜が明けるやいなや、中宮さまの御前にあがった。フェース・トゥ・フェースなのだ。なぜならば、その物語とはわたしの著わす『源氏物語』だからだ。これは、中宮さまがたずさえられて、帝とともに読まれるご予定の本。華麗でなければならない。贅を尽くさなければならない。色とりどりの用紙をえらんで、ととのえる。そして物語――『源氏物語』――の原稿を添える（これは書写のための原本となる）。依頼状も、もちろん添える。「なにとぞ、清書をお願いします」と。いっぽう、もう清書の了えられたぶんを、とじる、あつめる、冊子にしたてるという仕事もある。また夜を明かす。日を送る。殿が、「どのようなお子持ちが、こうした冷たい時季に、こうした本の作製などをなさる？」とおっしゃる。産後の冷えはＮＧだぞ、と告げられたいのだ。しかしながら、殿も――道長さまも、おわかりではいらっしゃるのだ。そうした本は帝にたてまつるに……たぶん、ふさわしい、と。ゆえに上質の薄様の紙をご持参なさった。筆も墨なども。はては硯まで。もちろん「中宮さまにな」と、もってお いでになるのだけれど、中宮さまはわたしにそれらをくださる。殿は、わざと「おいおい。もったいない」とさわいで、「かしこまって伺候（しこう）しているようだな、このフィクション・ライターは、——とおもっていると、こういうことをしでかすわけか」と冗談でお責めになる。そう、ただのご冗談だ。なぜって、さらに立派な墨挿（すみばさ）み、墨、筆などを（じかに、わたしに！）くださった。

きっと、あなたが想像する以上につよい、固いシステムがわたしたちの時代にはあります。ひとことでいったら、それは、社会の男性性？　もしも国家が（これは「政治が」ともいいかえられますね）男性的であるのだとしたら、女性的とはなんなのでしょう。ジェンダー・ロールは世界——この世界——の機構をどのように支えて、どのように動揺させうるのでしょう。また、フィクションはいずこに場所を占めるのでしょう。「つよい、固いものには、よわい、柔らかいものを」とつぶやきたい衝動にもかられます。堅固さ、対、柔軟さ。前者は社会の礎（いしずえ）の、地位、階級、すなわちヒエラルキーにかかわり、後者はそれらを揺さぶる。ことができる。のかもしれない。突然ですが、あなたは男性のボディと女性のボディと聞いて、どのような印象をまず第一にはもちますか？　かりに硬軟（剛柔）を問われたら、「やっぱり女人（にょにん）のボディのほうが、柔らかいよ」と答えませんか？　この質問と（仮想された）回答を駁（まぜか）えされる前に、わたしたちの時代には文字に軽重があって、と説明します。あなたは、重い文字とはなんだろう、軽い文字とはなんだろう、とおもわれるかもしれません。突然ですが、ここで英文を。Needless to say, there is a reason why I've just decided to write this passage suddenly in English. あなたは、いかがでしょう？　挿入されたこの文章を「面倒だな。読みとばそう」とおもいませんでしたか？　それは、英語が、あなたに重かったからなのです。そして、あなたには片仮名ならば軽い。たとえばいきなりevidencesとあったら避けたいとおもうのに、日常のなにかの局面でエビデンスとでてきても戸惑わない。むしろ、根拠、という語（ことば）よりも軽い。同様に、事実、という語よりもファクトにしたほうが軽やかだな、とおもったりもする。けれども複数形でfactsといわれたら「いまのはファクトたちだったんだ」とも認識できなかったりする。これは非難ではありません。文字の軽重という現実です。そして、「現代」における英語は、わたしたちの時代（やそれ以前やそれ以後、「近世」まで）における唐土（チャイナ）の言語だと知ってください。英文とはイコール漢文です。「ＥＱＵＡＬ漢文」。ほら、妙でしょう？　重いでしょう？

漢字のことは真名（まな）といいました。

それよりも軽いし、どうでもいいものとして、仮名（片仮名、平仮名）との語（ことば）が生じました。

むかしむかし……女は漢文が読めないはずでした。むかしむかし……女は日記を書かないはずでした。そういう日記文学（ジャーナル）は「男性たちが、漢文で、ほとんど公的なものとして」著わしたからです。この漢文でとの箇所を、現代(いま)ならば英作文していいといえるわけです。そうすることによって、歴史や国家、社会制度につらなった。『つらなろう』と意識した」といえます。つよさ、固さにです。それでは、よわい、柔らかいものにつながろうとする意思は、どこに、どう出現したのか？　仮名のうちの平仮名にあらわれました。平仮名というよりも、ひらがな、ですね。わたしたち女人(にょにん)たちのツールとして、この軽い文字は登場しました。いえ、こういったほうが誤解がないのか。――わたしたち女人たちにゆるされた文字として、ひらがなはあった。

あったのです。

ひらがなのジェンダー・ロール。それからフィクション。あるいはわたしたち女人たちの日記文学。そこにもとめられるのは固さではありませんでした。そこにもとめられるのは柔らかさでした。もしかしたら「縛られなさ」ともいいかえられます。縛める（いまし）にはやわやわとにゅるにゅると柔軟でありすぎる。それってどこかで「しなやかで、軽やかだな」とおもえませんか。中宮さまと、殿、道長さまがわたしのミッションのかたわらにいらっしゃって、わたしのフィクションを豪華本にしたててしまったこの展開（なりゆき）も、軽やかだなあ、とかんじられはしませんか。わたしのそのミッションは十一月十日前後にあって、十五日前後にわたしは実家（さと）にいったん帰って、このときはだいぶ感傷的（ブルー）になって、そして、いよいよ十七日です。中宮さまの（さらには若宮さまの）還啓です。夜がそうとう深（ふ）けてから、内裏（だいり）へ。土御門邸からは牛車（ぎっしゃ）に分乗して、わたしたち女房たちも、うつりました。その晩の記事。

宮中（とはいっても、これは里内裏（さとだいり）で、当座の皇居ではありますよ）のわたしの

局は、細殿の北から三番めにあった。細殿はもちろん細長い、廂の間のスペースだ。そこを障子が、屏風がしきる。わたしたち女房たちのために。「ああ、自室だ」とおもって横になった。と、ノック——これは譬喩です、そういう挨拶——があった。小少将の君がいらっしゃった。わたしたちはなにを話しあった？　それは、やっぱりこういうことはつらいわね、ということ。だって、深夜に移動して、この十一月なかばの寒さがこたえて（旧暦の十一月は冬三カ月の中の月よ）、おまけに人間関係もここ宮中ではきつそうだ、との予感にみちみちていて。これは——すでに早——実感？　寒さは衣裳もこわばらせてしまった。なにか、もう、しわしわだ。脱いで、隅へやって、厚手の綿入れを着て、それも重ね着して、香炉には火をかき入れて、わたしたちは二人して手をあぶって——だって身も冷えきったのだもの——、「ねえ」「なに？」「わたしたちって」「なに？」「みごとに不恰好」といいあった。わたしとベスト・フレンド、小少将の君とが。そうしたら、またノック。またまたノック。またまたまたノック。侍従の宰相（は藤原実成さん）に左の宰相の中将

（は源経房さんでしたね）に、公信の中将（とは藤原公信さんのこと）など、つぎつぎと男性たちがおとずれる。「ちょっとご挨拶に」と。なかなか迷惑。今宵ばかりは、わたしたち女房たちはいないとおもわれたい。という気もちは、たぶん態度にでた。あるいは表情に？　わざわざ、わたしがここに――自室に――いることをひとにたずねて、お立ち寄りになったのだろうけれども、「あしたね、また早い時間に、参上しなおします。今夜は、少しばかり寒さがね、ええ、たまらないものがありますから。ええ、身も凍っておりますから」などと、なにげないエクスキューズをして、退散された。こちらの詰め所の門から。男性陣のめいめいが家路をいそいで……とかんがえたら、「どれほどのワイフがあなたたちの楽しい家には待っているの？」ともおのずとかんがえてしまって、そういうおもいとともに見送る。いいえ、わたしがシングル・マザーだから、こんなふうに皮肉にかんがえた――のいいいいいではありません。巷の夫婦のことだとか、ほら、そういう間柄はけっこう冷めるでしょう？　それから、やっぱり小少将の君のこと。この女はほんとうに上品。ほんとうに、ほんとうにかわいらしいご様子。なのに、一途におもいこまれていらっしゃるの。「この世は、憂し」って。わたし同様に。わたしは……わたしは、それを拝見しています。小少将の君にはお父さまのあのことがある。つぶさには書きません。でも、ほかにもある。お人柄とご運がつりあわない。ぜんぜん合っていない！　と、わたしはおもいます。そのことが、すでに、憂し。

つぎは十一月二十日の記事です。

五節の舞姫たちは二十日に内裏へ参入した。舞姫たち。この少女たちは四人いた。

五節は四日間にわたって催される宮中行事で、十一月中(なか)の丑(うし)の日から辰(たつ)の日にかけてと定まってい（て、この寛弘五年のばあいは丑の日が二十日、辰の日が二十三日だ。その前に、そもそも五節とはなにかをいわないと。それは舞楽(ぶがく)だ。それも女楽(めがく)だ。さらにいえば少女楽(おとめがく)だ。もしも「もっとも華やかなイベントはなに？　もっとも待望されている宮廷でのイベントって、どれ？」とだれかがたずねたら、わたしは、たいがいの女房だったら「あれよ、五節よ」と答えるのではないかとおもう。ダンサーたちは初日に下稽古(したげいこ)をし、二日めにも試演をし、その二日めとは寅(とら)の日なのだけれど、両日とも帝がごらんになって、両日とも公開リハーサルだ。本番が、最終四日めの辰の日、となる。それでは三日め——卯(う)の日——には催しものはないのかというと、ちゃんとある。一人のダンサーにはそれぞれ二人の童女(わらわめ)たちがオフィシャルな介添え役としてつけられている。この稚(いと)けない者たちのやはりオフィシャルなお披露目が、御前(ごぜん)において「童女御覧(わらわごらん)」との行事名でおこなわれ）る。ところで、どうして主役のダンサーたち——五節の舞姫たち——は四人なのか？　大嘗(だいじょう)

祭(さい)にあたる年だけ五人で、つまり例年、四人なのだけれども、それは舞姫たちをたいてまつる人間たちが四人だからだ、とも説ける。その人間たちは政治家だ、とも。二人が公卿で、二人が受領(ずりょう)(と定まっていて、ちなみに受領とは国司(こくし)のトップをいい、「現代」にあてはめると都道府県知事)だ。これらの政治家は、みずから調達した舞姫、童女たち、その他の傅(かしず)きの女房たちを通して、つまり女人(にょにん)たちのデモンストレーションする華やぎを通して、各自の「政治」力のポテンシャルを競う。では、本年のご担当の政治家のうちの、公卿側のみなさんはどなた? 侍従の宰相(藤原実成(ふじわらのさねなり)さん)と右の宰相の中将(藤原兼隆(かねたか)さま)だった。このお二人は、ともども中宮さまと親しい。二十日、この内裏(だいり)にまいり入(い)るや、――「入る」というのはこの丑の日からまるまる四日、舞姫たちの四組は御所に滞在するからだけれども、侍従の宰相も右の宰相の中将も、中宮さまの御座所(おましどころ)にご挨拶にきた。お二人とも、中宮さまのご後援をもとめられたのだった、美的な競いあいに臨んで。中宮さまは、侍従の宰相には、舞姫の装束などをお授けになった。道長さまの甥御であられる右の宰相の中将には、ご当人がもともと「舞姫の冠に垂らす『日蔭の蔓』をいただけませんか」といってきていたので、それを贈られた。高度に洗練された組糸飾りを。あわせて、箱一対にフレグランスをいれて、心葉（とは贈りものにつける造花よ）は梅の花形にして、それもおやりになった。「さあ、風流であればここまでスタイいいいいいいいいリッシュにきわめて。たがいに励まれてね」とのご挑発。

　事実、競いあっている。いつもの年であれば間際になってからの準備の開始で、どうにもあわただしいありさまなのに、今年はちがうらしい。そうした周到さの結実としての「舞姫たち一行の参入」の場面は、こうだった。まず、もう陽はおちている。なのに、その情景はライトアップされている。というのも実際、灯火はあるのだ。しかも隙間などないように並べ、立蔀のところに設置されているのだ。立蔀というのは庭に立てられた目隠しの板で、それは中宮さまの御座所の正面をとおっている。御座所は東北、その「ご一行」がむかうのは相対した東の対屋、入ってきたのは東北門。そして、さながら昼日中よりもまぶしいライトアップ。昼よりも！

そこに体裁のわるさをかんじるのはわたしだ（と、いったん明言する。それからまた、「ご一行」の足もとには歩行路となる敷物があって、とも説明する。簡単にいってしまえば、それはセレブリティたちだけが踏んでよいレッド・カーペットだ。そして五節の舞姫たちは、また童女たちもそうなのだけれど、事実この期間のセレブだ）。さあ、主役たちはいかなるご入場を？　付き添いをかたわらに……歩いてきて……ウォーク・イン。ああ、なんという澄まし顔、こんなにも平然と？　わたしは驚いたし、あきれる。羞じらいのなさに。あなたたち、見られているのよ。ひとに。男性たちに。とおもうや、他人ごとではないとさとった。いえ、ここまでの体験はわたしにはない。だって、「ご一行」は脂燭（とはハンディな照明具です）に照らされて、さらに顔容があらわで。その脂燭は、かたわらに添った殿上人たちが、歩きながら主役たち（レッド・カーペットの内側の！）にさしむけて。そもそも舞姫たちは殿上人らとフェース・トゥ・フェースにもなりそうな近距離。いえ、もう、なっている。幔幕はまわりに張られていて、だから「関係者ではないギャラリーはいない。好奇の目はない」と強弁はできる。でも、ほんとうに、そう？　わたしは、そこまでかんがえた瞬間、だいたいのことをいったら「ここまでの体験がわたしにも、ある」といえるのだと認識する。なぜならば、わたしは宮づかえをする女性(にょしょう)で、つまり女房たちの一人で、先日であればこの内裏に……やはり月下に（照らされて、ライトアップされて）参入した。あの折(おり)とおなじだ、と気づいたとたんに、胸がつぶれそうに。つぶれ、て、しまい、そう……に。なった。

十一月二十一日の記事。

またもグルーミィだ、わたしは。しばし休憩しなければ。そうしてはいけないのだけれど。なぜって、今日は寅の日で、清涼殿（とはいってもここは里内裏なのだから、かりの清涼殿。このお邸の中殿）ではいま「御前の試み」がおこなわれている。二度めのリハーサルなのだ、五節の舞姫たちの。中宮さまも清涼殿にお渡りあそばした。つまり、わたしも参上することを望まれている。といえるのだとわかっている。のだけれども。だけれども。けれども。様子しだいで参上する、というのでも、支障はない——のでは？　等、いろいろおもっていたら、ああ、さいわい。中宮さまの女房たちの幾人かが、囲炉裏のそばにいるではないか。小兵衛と、小兵部と、ほかにも。どうしたの？「あのね、『御前の試み』はね、ひとが多すぎて」「そう。もうぎゅうぎゅうでした」「ダンスなんて、観たいようには観られないから！」うんぬん。まあ、ほんとうに？　よかった。などと話していたら、殿がいらっしゃった。「おいおい、お前たちは」とおっしゃって、道長さまは「囲炉裏でぼんやりもないだろう。さあ、いっしょに！　公開リハだ、公開リハ」とお急きたてになった。もう逃げられない。不本意ながら参上する。ほら、これがステージ。これが天覧の、公開リハーサル。こういう大役をつとめる……いま、現につとめさせられるダンサーの少女たちの重圧って、どれほど？　その緊張の度合いって？　こういうことをかんがえるのはわたしだけだろうか、とおもったのかもしれないし、おもわなかったのかもしれない。そのときだ。舞姫たちの調達を担った政治家の一人、受領の、尾張の守（は藤原中清です）のところの少女が、「気分がわるい」とうったえた——退いた——え？　いまの出来事は、現実、それとも夢？

十一月二十二日の記事。わたしはこの日記の要点の要約につづいて、現在は要所の抜き書きに入っています。もちろん、現代語訳はほどこしながら。

悪夢。わたしはこの卯の日の「童女御覧（わらわごらん）」を見物している。五節の三日めの華やぎを。雅（みや）びなる儀式を。わたしは登場する稚（いと）けない……女の子たちを、つぎつぎ論評している。そのファッションがどうだ、アクションはどうだ、等。わたしはいったいなにをしているの？　もしも、わたしたちがあの童女たちのように人前にでなければならない、――「そうしろ」と命令されたら。どうしたって緊張感にやられて、どうしたっておろおろして。まごまごして。なんて、無惨な結果になる。それにしても宮づかえというのは……かなり（そうだ、極度に）人前にでる。このわたしが、こうも社交だの、いろいろな交際（まじわり）をする女人（にょにん）になる……って、ぜんぜん予期していなかった。いなかったはず。それなのに、みるみる、このわたしは……。いいえ、ここは一般論が必要だ。人間は、こういうふうに変わるって。こういうふうに適応するって。人間の、マインドは。だとしたら、今後、わたしは、このマインドの可塑性をもって、もっと厚顔無恥になる。「女房である。職場としての内裏にいる（類いの女性である）のだから」って事実に慣れて慣れて、染まって、もう、面貌をすっかり晒してもへっちゃらになる、……とか？　そうかも。だとしたら。女らしさって？　たとえば**わたしたちのこの時代の**らしさって？　えっ。マインドが千々のおもいに支配される。わたしのいろいろな（無惨な）将来が、夢のようにあらわれて。あってはならないことまで、イメージされて。こわい。こわい。悪夢。で、——いまは？　そうだった、いまは「童女御覧」に臨んでいて、この盛儀を観察し、記録しようと……**した**、**のだけれども**。例によって結局は無駄に。そうだ、これがわたしだ。

あなたにはわたしの内面を正直にのぞいてもらっています。ただ、もしかしたらあなたは「そんなものよりも普通の日誌や、メモにしてほしいよ」と願っているのかもしれません。日録の形式も、もっともっと前にでて、この十一月二十二日の記事のつぎには二十三日がき、つぎには二十四日がきて、いわずもがな十一月の晦日（みそか）のうしろには十二月の一日の記事が接（つ）がれている、という期待が裏切られない、というスタイルの現代語訳。けれども、それは無体（むたい）な望みです。なぜって、わたしのこの日記には十一月二十三日の記事はあって、巳（み）の日の記述も——これは二十四日なのか、二十六日なのか——あるのですけれども、その後は十一月二十八日の記事に飛んで、あとはひと月、なにもない。

ないのです。書いていません。

わたしはそういうことを、平然とします。

いけないですか？　もしもあなたがそう難じるのだとしたら、わたしは「——でも、これは、わたしの日記なんですよ。わたしの——」と答えるしかありません。

そして、この弁解がなかなかに無敵だ、と了解します。
さあ、歳末もおしせまります。

師走（しわす）の二十九日にふたたび出勤した。というのも、わたしは実家（さと）に下がっていた。ところで「里下がり」の実家（さと）とは、つとめさきに対する自宅、の意だ。宮中に対しての自宅（さと）（のことなのだと、わたしは念のために解説してるの）。そして宮中とわたし、の関係をいえば、この十二月二十九日は記念日だ。初めての出仕がやはり師走の二十九日だったから。数年前の今宵。何年も前が……今宵？　そう書きしるしただけで時間感覚がグルッとするけれども、そうじゃない、あの初出仕のときこそ、わたしは夢路（ゆめじ）にいた。はなはだしい動揺にみまわれていて、ほんと、おたおたしていた。それをかえりみると、いまのわたしってどうなんだろう？　たしかに新米で

はない。ほとんどベテランの……といおうか。これぞ女性の社会進出？　わたしは職域に順応してしまった。厭わしい。

夜もずいぶん深けてしまった。わたしは中宮さまの御前に、ご挨拶にもあがらない。というか、あがれない。中宮さまはおん物忌みでいらっしゃるので（わたしたちの時代にはそういう慎みの日がしばしばあるのよ。身を浄めて、こもらなければならない日々が）。心細いおもいで、臥す。そうしたら、いっしょにいる女房たちが――この女たちも正月にそなえて参上した――「内裏はやっぱり、すっごくちがうわねえ。様子が」「そうね。実家だったらもう、あたしは寝ているわ」「あたしも。だけれど、ここではこんなに靴音が。寝つかれないほどに、ね。ふふ」とうきうきいっている。その靴音とはもちろん男性陣の、局を――女人たちのプライベート空間を――おとずれる物音、だ。

今年も暮れて、わが人生も老けだして、さらには夜も深けてゆき、風。ほら

年暮れてわがよふけゆく風の音に

若い子たちの恋愛待望論にはついていけず……この心、荒涼！

こころのうちのすさまじきかな

と一人で詠んだ。

大晦日の夜には鬼やらいがある。新年をむかえるために疫鬼を祓わなければならないから。この行事はおもっていたよりもはやばや終了してしまったので、わたしは部屋へ下がって、歯黒めをしたり、そういうメークにいそしもうとしていた。ちょっとした化粧だ（引眉はしたい）。いずれにしても、いつもはどこか冷めているわたしは、けれどもこの瞬間は、ただの冷静な物腰よりもチル・アウトをもとめていた。そう、くつろぎ。実際にそうしていた。そこに弁の内侍がやってきた。彼女

は内裏の女房だけれども、中宮さまの女房も兼ねる。つまり、わたしたちの一人。少し話したら弁の内侍は横になられた。やっぱりこの女にも——優秀な女官にも——ひと息いれることはいるのだ。今宵のこの時間は。今年が終わる。

静穏さがわたしたちをつつんでいた。敷居のほうには女蔵人と童女の二人、ともに中宮さまにおつかえする内匠とあてきがいたのだけれども、敷居に腰をおろした二人は、あてきのする縫いものを内匠が「この布の端はね、こう重ねるの」「ここは、こう捻るのよ」と教えていて、あてきは、はい、こうですね？　と聞いていて、そういうのも穏やかで、わたしはもう一度、ああ、今年は終わるとかんがえていて、すると突然だった。静謐はやぶられた。悲鳴がした。……悲鳴？　どこから？　中宮さまのふだんの御座所のほう、から。えっ。わたしは弁の内侍をゆり起こした。でも、すぐには目を覚まさない。だれかの泣いている声は——喚いている声は——熄まず、つづいていて、だれ？　わたしは総毛だった。どうしよう。どうする？火事？　ちがう。「内匠さん、さあ。いきますよ！」とわたしはいって、女蔵人の内匠を先頭にたたせて、「あのね、中宮さまはお部屋にいらっしゃいます。清涼殿(あちら)ではないのよ、そこ！　だから、まず参上して、ご様子をお確かめもうしあげなければ。わかるわね？」と説いた。弁の内侍さんのほうは、たたき起こした。「え？」といわれて、「ほら」とわたし。「あっ！」と弁の内侍。さあ、わたしたち三人は、震えながら慄(ふる)えながら、それでも前進。足なんて、（内匠も内侍も、わたしも）宙に浮いていたかも。するといたのは女性(にょしょう)たちだった。二人いて、しゃがんでいて、裸で。……裸体。信じられない。一人は女蔵人の靫負(ゆげい)、いま一人は小兵部(こひょうぶ)だ。どちらも追い剝ぎに、やられた。つまり、剝がれたのだ、衣類を。そういう次第だったなんて。理解するや、よけいに全身の毛が逆(さか)だつのをわたしはかんじる。

最悪なことに、男たちがいなかった。御厨子所(みずしどころ)（ここでは帝のご食膳がととのえられる）の男性官人たちはみな退出してしまっていて、中宮さまお一人についた警護や雑務の侍(さぶらい)たちも、宮中ぜんたいを警備する武士たちも。「もう鬼やらいの儀(ぎ)も終わったから」と全員、帰宅ずみだった。そんな。信じられない。信じられない！

手をたたいて大声をだす、ここに来てほしいと、しかし返事はない。応える男がいないのだ。御物宿（帝のお膳がおさめられるところ）の老女官をわたしは呼びだした。「殿上の間に、兵部の丞という蔵人がいます」――これはわたしの弟のことだ。藤原惟規――「その兵部の丞にきてもらって。さあ。さあ！」と命じた。こういう行動はじつはずいぶん下品だ、わたしが下づかえの女官たちにじかに、自分の口から命令するのは。ヒエラルキーを無視するから。しかし外聞をはばからなかった、わたしは。御物宿のその老女官は弟をさがしに飛んでゆき、「そのお方はご帰宅のようで」と報告した。もう罷り下がった？　ああ。かんじんな時に。弟の惟規は。わたしはとんでもなく怨めしい。と、ようよう男性があらわれた。だれかとおもえば式部の丞（は藤原資業で、世渡り上手の一家の出）で、あちらこちらの灯台の鐙に、つきた油をつぎ足して、点火していった。お見事（――と皮肉をこめておもう。胸のうちでは）。

男たちがいないと女たちはこうなのか？　灯りはわたしたち女房たちの幾人をも

照らして、見ると、もうただ放心状態になってしまっている女がいる。たがいに顔をみあわせて、座りこんだり。帝から中宮さまへ、お見舞いのお使いが来た。そこまで事態が落ち着いて……から、やっと、わたしは「たいへんに恐怖をかんずる出来事でございました」とこの日記に書ける。中宮さまは納殿（とは宮中の品々、たとえば衣類や調度などをしまった納戸です）からご衣裳をとり出させて、衣類を剝がれてしまった裸の女人二人、靫負と小兵部、におあたえになった。さいわい、元日用の装束は盗られなかった。だから二人は、翌る日は「なにもございませんでしたよ」というような顔をしていた。でも、わたしはわすれていないし、わすれられない。二人のあの——裸身。それは恐怖の出来事だった。ええ、もちろん。でも、同時にやや滑稽なことではなかった？　ということを、堂々と口にだせるはずはない（——けれども胸のうちでは。胸のうちでは）。

寛弘六年元日。お正月はいっさい不吉なことをいってはならない。という「言忌み」のルールをわたしたちはまもれない。昨日の今日だもの。年があらたまったのは事実だけれど、昨晩の盗難事件がたった昨晩のことであるのも事実で、だれが話さないでいられるの？　ところでこの日は坎日だった。暦で、万事に凶とされる日。というわけで、若宮さまのおん戴き餅の儀式はとりやめとなった（戴き餅では元日または三日までの吉日に、稚けない子供のあたまに餅をのせて将来を祝福する、というセレブレーションがおこなわれるのよ）。結局、中宮さまと若宮さまは三日に清涼殿におのぼりになられた。

今年の中宮さまのお屠蘇のお給仕は大納言の君がつとめた。これは御まかないだの陪膳だのといって、ひとり特別に色とりどりの装束を着用する規定。それは（と装束を描写する前に、わたしは簡単に「女房たちはなにを、どう着たのか」を説く。ボトムスの裳については以前ちょっと説明した。するとトップス——とインナーとアウター——だ。まず肌着の単衣がきて、袿が下着で、打ち衣はその上に着る、かつ表着（うわぎ）の下につける衣裳で、唐衣（からぎぬ）がいちばん上の表着になる。ちなみに、裳は、晴（はれ）の装いのばあいはこの唐衣の下方につける。以上で説明は完了。それで）正月一日が、カラーだけを挙げれば紅（くれない）と葡萄（えび）染（ぞ）め。唐衣は赤。裳は摺（す）り模様。二日、紅梅色（こうばいいろ）の表着に打ち衣は濃い紅。唐衣は青。裳は多色摺（ず）り。三日は、表着は唐土（チャイナ）ふうの綾織りで桜襲（さくらがさね）。唐衣は蘇芳（すおう）——赤みがかった紫——の織りもの。絹の練り糸でしたてた打ち衣は、その三日間、濃い色彩をつける際には紅を裏地にして、逆に、表地が紅だったら裏側は濃い色彩で、と、これはお定まりの作法。下着のほうだけれども、その襲の色目は、萌黄（もえぎ）、蘇芳、山吹（やまぶき）——の濃いものと淡（うす）いもの——、紅梅、それから薄色（うすいろ）。など、常識的な色目（それ）ではあるのだけれども一度に六種類ほど使用して、じつに多彩色（マルチカラー）。表着とのコーディネーションは？　はい、抜群でしたね。

若宮さまのおん戴き餅のことにもどれば、若宮さま——日本（ジャパン）のプリンス——の乳母は宰相の君で、彼女が御佩刀（みはかし）をささげ持つ（その御剣（ぎょけん）は、プリンスご降誕の折（おり）に帝がくだされた短刀（まもりがたな）です。螺鈿（らでん）の飾り太刀）。若宮さまは、おん祖父の道長さまがお抱きもうしあげていらっしゃる。これにつづいて宰相の君が清涼殿にのぼられる。つぎのような装束をまとって——強烈なのはやっぱりカラーだとかカラーリングで、基調は紅。それを濃淡をかえて三重五重に、三重五重にと混ぜながら、うち七枚は光沢のある衣にして、さらに一枚の単衣を縫い重ねている。この上におんなじ紅で固紋の五重、綾の織りものの模様を糸を浮かさずにおさえて織りだすのが固紋で、その逆は浮紋、表着のほうは葡萄染めの、その浮紋だった。堅木の葉をかたどっている。堅木って、つまり赤樫とか。縫いかたも冴えている。ここまでがインナーもいれたトップスで、そこに縁を三重に重ねた裳（ふだんの裳は一重なの）、赤色の唐衣（このカラーは禁色なの。なみの女房はこの色彩をした織りものの唐衣は着られない）、唐衣には菱の紋様が織りだされていて、そのデザインがとっても唐土っぽい。という正月装束に身をつつんだ宰相の君そのひとは、髪などは、いつもにもまして入念に整えてある。うん、オーラもあってふるまいも優美、優雅、つまり気高かった。高いといえば背丈も、ちょうどよい高さ。この女はふっくらしていて、顔もほんとうに端整。そうなのだ、気品というのはこういうのをいう。

それでは大納言の君は？　こちらは「小柄な女（ひと）」の部類に入る。しかも、とても小柄な……ちいさい、といったほうがいいのかもしれない。色白。愛らしい。魅力的に肥（ふと）っている。なのに印象としては「すらりとした女（ひと）」となる。しかも、とってもも。なぜって、髪がその背丈よりも十センチかそこいら長い、そして、ひろがった美しい頭髪のその毛さきの様子（さま）や、それから生えぎわもだけれど、そのあたりの具合がほんとうに比類ない。ケアのされ具合というか。すばらしい。顔も、とてもかわいらしい。そして物腰などは可憐。嫋（たお）やかだ。

宣旨（せんじ）の君は？　わたしはこの女（ひと）のことを書きもらしてはいけない。わたしたち中宮さまの女房たちのうちで最上位の職務についているのが、宣旨女房役（帝からの詔（みことのり）やご命令の伝達担当）の、この方なのだから。宣旨の君もまた、大納言の君と同様に「小柄な女（ひと）」とカテゴライズされる。ただ、たいへんに細身で、すらりとされていて、頭髪がほんとうに繊細、それが美（うる）わしく垂れていて、毛さきは装束の裾から三十センチばかりあまっていらっしゃる。圧倒される厳(おごそ)かさ——それもまたオーラだ——をおもちで、どこまでも高貴など気配だともいえる。もし、この宣旨の君がわたしたちの目の前に、突然に、唐突に、物陰のうしろなどから歩みでていらっしゃったら？　わたしたちは、気がおけてしかたがないだろうな、とおもわれる。つまり、これぞ品格なのだ。まさにこれこそ……とわたしはいいたい衝動にかられている。宣旨の君のお人柄、個性、そしてなにか、ちょっとしたことを話された瞬間(とき)、に、ふれたり接するたびごとに、わたしは——衝動(それ)をつよめる。

ついでにお話ししてお聞かせしたいのですけれど、いいですか？　とわたしがいきなりきりだして、しかも語られる内容というのが、大納言の君と宰相の君、宣旨の君につづいての同僚女房たちの容姿についての論評だったとしたら、これはもう口やかましい女だということにもなりましょうか。いま現在生きている人物(ひと)たちのことを、なのですから（とわたしは一千年以上もむかしに書いた）。じかに職場で顔をつきあわせているひとたちのことを論(あげつら)うのは、はばかられますし、それに「これはちょっと、どうしたものかな」と欠点ともおもえるところをもった女人(にょにん)たちのことは、ええ、お話ししません。

宰相の君のことですけれども。北野(きたの)の三位(さんみ)の宰相の君、ですよ（とわたしは友人の宰相の君とは区別した。この職場にはおなじ女房名のひとが複数いるのはざらだ）。こちらの宰相の君は、豊満なタイプで、姿かたちは端整、顔かたちは才気ばしって、初めのころの印象は少し……つよいというかんじです。ただ、つきあいが深まるにつれて変化します。どんどんとよいほうの心証に。「利発だなあ」とおもえて、かわいい。口もとには気品、でも同時に愛嬌もあって。立ち居ふるまいはじつに美(うる)わしいです。華やかにお見えになります。それから性格、これはとてもかんじがいい。素直なんですね。でも、一面、品位というのは具わりつづけていて。

小少将の君のこと。どこがどうのというのではなしに、この女には上品さがあって、優雅です。それを譬えるならば、二月ごろのしだれ柳の風情、でしょうか（わたしは陰暦二月の、若芽の芽ぶきだした柳をイメージした）。容姿は、ひとことでいって愛らしい。物腰は、奥ゆかしい。そして性格ですが、ちょっと遠慮がちですね。「主体性がないひとだ」とはいえるかも。人間関係が苦手です。そこはあまりにも純粋で……これまた譬えるならば、子供のように？　もしも意地悪なひとだとか、悪しざまにあつかうとか、おかしな噂をながすようなタイプの人間（事実無根のことをいいふらしたり）がいると、すぐにおもいつめてしまって。なんだか死んでしまいそうにもなる。そのナイーブさ、極端な繊細さ。わたしは、守ってあげたい。

宮の内侍はどうでしょう。これまた美しい女です、清楚で。身の丈はほどよいかんじで、それが中宮さまの御前に座られたとたん、たたずまいも恰好も、威厳を発しだします。からだ全体の均整はとっても現代的――モダニティ、モダニティ、モダニティ――で、いちいち「魅力があるのはここだ。それからここだ」とは指せるような様子ではないのですけれども、楚々としていて、すらりとしている。とっても、です。そして面ざしといったら、まず鼻梁がすらっとしている。そして黒い髪の毛があって、そこから顔面に視線をうつすと、色調のあわい（中間地帯）をとおって……皮膚の白さ。その対照は、ひとに秀でています。あとは？　あたまの恰好。髪の生えぐあい。額のさま。「ああ、清らかだ」といえますね。華やかで、かわいげもあって。姿かたちと顔かたちにつづいてはお人柄ですが、これはもう素のままにふるまわれていても穏やかなのですね。ほんの少しも、どの方面でも、気にかかるようなところはありません。「女房というものは、こうであってほしいな」と鑑(モデル)にしたい気質です。たとえば「あたしは風流をわかっている人間ですからね」と気どったり、おもわせぶりをいったり、そういうキャラクター——自己アピールする女——とはぜんぜんちがいます。

式部のおもとはその宮の内侍の妹さんです。土御門邸にいた大式部のおもととは別人ですよ。だいぶ、ふっくらし過ぎているぐらいに肥(ふと)っていらっしゃって、それと、だいぶん色白。つややかな美(うる)わしさがあります。目鼻立ちはほんとうに端整。頭髪もそれはそれは整っているのですが、もしかしたら長さは足りないのでしょうね。付け毛（とはもちろんエクステ、ヘア・エクステンションのことだ）をして中宮さまのところに出仕していました。わたしはその当時を回想しているのですが、あの肉感的な……グラマラスな姿態は、ええ、ほんとうに魅力いっぱいで。目もと、額、そのあたりの様子（さま）もほんと、きれいだった。にっこりとほほ笑むと、愛嬌にとんでいました。

あなたはだんだんと「いったい自分はなにを読んでいるのだろう」という気もちになってきているかもしれませんね。「これは日記なのか……？」と。そんなふうに戸惑われるのはもっともなことだとわたしもおもいます。さきにいってしまうと、わたしは寛弘六年の正月の三日のあとは日付をいっさい入れていません。正確な記録というのは日付というくさびを要求する、とも一度は語ったのですから、わたしはそれ——正確な記録——をすてたのだともいえます。そういう態度をこの年のあいだはつらぬいて、というか、この寛弘六年に関しては「なんの行事のことも録（しる）していない、にちかい」といえます。それよりもなによりも、あなたが真に面喰（めんく）らっているのは文体についてかもしれませんね。「少し前までの、あの、ややハードな日記の地の文はどこへいったのだ？　なにをソフトに、丁寧すぎるような文体（それ）で、同僚たちの批評をはじめたのだ？」ときかれたら、ああ、しまったなあ、とわたしは答えるしかないのかも。わたしは現代語訳においてだけ「ですます」体にしているのではないのです。もともと「はべり」という丁重な表現をだしぬけに多用しだしているのです。この箇所で。そのようにはべりしかな、なんて。これは語りかける口調ですね。わたしは硬質（ハード）なそれから柔和（ソフト）なそれへ、意識的な転換を図ったのです。

とはいいません。無意識だったかも。

しかし「はべり」が手紙文でこそスタンダードとなる語（ことば）なのだとは意識しました。

そうなのです。日記に書簡を、埋めこんでいったのですね。

あなたは「それは日記なのか……？」と痛いところをついたりしますか。けれども、わたしは説明しておいたはずです。このわたしの日記の要点の二つめは、グルーミィさのちかさととおさ、なのだと。その年、あるいはその月にかその日にか、なにごとかがわたしを猛烈にグルーミィにしたのだとしたら、日記の書きかたの方針はそっちに添います。もしもこの日記に、途中からフィクション――作り物語――の断片がいきなり挿入されたとしたら、どうでしょう、あなたはあんがい「そういうことは、あるのだろうなあ」と腑に落ちてしまったりはしませんか？　つまり「あのフィクション・ライターは、そういう乱暴をやりかねないなあ」なんて。そうした納得はわたしに対する賞讃ですし、どこか軽侮でもありますし、わたしは心境複雑です。ただ、『源氏物語』が風変わりだからこそ――パンクだといっていいだろうとおもいます――あなたが想像力をもって「ありうるなあ。やりかねないなあ」と了解できてしまえたのだとしたら、もっと前にすすめます。ここからは一般論です。ある人物の日記に、料理のレシピが書きとめてあっても、それは日記ですね？　フィクション・ライターの日記に創作メモや、それに類した文章が入っていたら？　日記です。だとしたら、お手紙は？　許容範囲です。オーケー。ただ……わたしが文体をまるまる転調させて開始した日記のこの箇所（延々とつづきます）は、基本的には採点表です。人物の。わたしの筆はこのあと、上﨟の女房たちから年若い女房たちの評価にうつります。それから、現在ではもう中宮さまにおつかえしていない引退した女房たち、故人の評価にも。容姿をうんぬんしましたし、性格のことも論評しました。そういうことをしている自分が、なんだか偉そうでいけない、ともみずからを難じました。「欠点とは個性なり」ともいえますからね。多彩な個性——各人各様、十人十色。

　でも、採点は、ひとりひとりと数えられる域にはとどまりません。つまり、個人、という範疇には。

　個人に比較されるのは？

　その個人が属するところ、集団、ですね。

女房たちの話をしていたのです。わたしはたぶん、この現代語訳をはじめるのに、ほとんど女房たちの解説——それはどういう女性たちなのか——しか頼りにしていなかったのです。それを拠りどころとすれば、前進（発進）は可能である、という確信が……、確信は、あった。しかしながら女房たちについて、わたしは説ききったわけではありませんね？　いかなる場所にて奉仕したか。つまり勤務さきのことですけれども、もちろん内裏がありました。「天皇づきの女房となる」ということです。つづいて後宮、わたしたちであれば中宮さまのもとで、なのですけれども、帝のご夫人お一人お一人の（どなたかの）御殿におつかえする。これらは全部、宮廷の内部です。わたしは、「わたしたち中宮さまの女房たち」とその所属さきを指せます。他の者であれば、たとえば「わたしたち皇后さまの女房たち」だの「わたしたち女御さまの女房たち」だのといえたわけです。

以上でおしまいでしょうか？

いいえ。

たとえば上皇さまや女院(にょいん)さま（とは出家されたもと皇后さま）にもご奉仕はあります、いりますから、ここにも女房たちの職場が。またプリンスたち、プリンセスたちのもとにも。そして……斎院(さいいん)さまのもとにも。

まだまだ挙げられますが、しかし解説すべきは斎院さまのところ。なぜって、斎院というのは建暦(けんりゃく)二年に（クリスチャン暦では何年でしょう？　一二一〇年代の、どこか、です）廃絶となっているからです。すなわち「現代」を生きている人間には、わからない。知識がない。斎院とは？

女性です。賀茂(かも)神社につかえます。未婚のプリンセスがこの任につきます。賀茂神社は別名みあれともいわれていて、斎院はいつきのいんともいわれていました。その御所は紫野(むらさきの)にあって、ええ、有栖川(ありすがわ)のほとりです、そこがそのまま「斎院」とも呼ばれて。この、場所としての「斎院」につとめるのが、斎院さまの女房たち。そして、わたしがいいたいのは、そここそがわたしたち中宮さまの女房たちの、敵手(ライバル)あつかいできる集団だった、ということです。

そういう競争相手がいるために、わたしは、これら二グループの論評に入りました。採点に。

ああ……、……やってしまった。

どんな日記も「書かれてしまったら、読まれる」というのに。わたしは、わかっていたのに。

どうして、わたしたち中宮さまの女房たち、と、あちらの斎院さまの女房たち、を比較するような無謀——乱暴に突入したか？　あることに反撥したから、です。つまりわたしはムッとした。そうなったらわたしという人間はおさまりません。大晦日（去年のです）の出来事を描いた際に、わたしは弟の名をこの現代語訳に入れました。藤原惟規と。この惟規には恋人がいて、中将の君といって、この名前が女房名である事実からも容易に察せられるように、この女も女房です。歌も詠みます。

さて、女房であるとしたら、いったいどこの？　というのが問題で、つとめさきは「斎院」なのです。わたしはこの中将の君が、あるひとに宛てた手紙を目にする機会をもちました。中将の君が、だれかさんに贈って、それをわたしが……とことばを濁したら、これまた経緯(いきさつ)はあなたにも察してもらえるのではないかとおもいます。その手紙の文面というのが！　内容というのが！　ひどかった。たとえば「世の中ではあたしだけが本物の感受性をもっています」みたいな。「心の深い点ではナンバーワンです。オンリーワンです」みたいな。それから「こういうのは全部、ここ、斎院さまの御所におつとめし、女房をおつとめできているから、なのね」といわんばかりの。実際に、斎院さまでなければ和歌の趣(おもむき)はジャッジできない、とも書いているし、この世に頭(ず)ぬけた女人(にょにん)があらわれたらそれはもう絶対に斎院さまがお見分けなさる、とも書いていて。わかりますか？　中将の君は、「わたしたちは見分けられずみの女房たちなんですよ。逸材ぞろい」と誇っているのです！　えへん、という咳ばらいすら聞こえそうな書簡でした。

不愉快きわまりありません。

あらゆる意味で。公けの立場からの憤激すらわたしにはありました。

なるほど、斎院さまはすばらしい方です。また、神域である「斎院」という場所も、これまた最高の職場であるのだろうとわたしは素直にみとめます。あの御所をおとずれたことがありますから。船岡山のふもとのあそこを。まあ風流なところで。あそこに比したら、後宮はただただ地味です。わたしたちのおつかえする中宮さまの後宮は、ええ、ええ、なんということのない職域です。と、わたしはまず、この日記に「わたしたちの側のアキレス腱（職場環境的な急所）」をあげました。中将の君の誇負するポイントを、「まさに。すばらしいご認識ね」と讃えました。つづいてわたしがなにをしたためていったか、ですが、こちらはあなたにはやすやすとは推し量れない展開になった、といえます。あちらの女房たちとわたしたち中宮さまの女房たちという、主のちがった二つの集団を比較、論評するために、わたしはあちらに対してのこちらのウィークポイントの列挙に入って、そのまま同僚女房たち――こちらの職場の、わたしのです――の滅多斬りをしだしました。いいものが採点表なのですから、分析しつつ「ここがマイナス。こちらも減点」とやっていたら、そうなる次第です。たしかにわたしたちの職場のわたしたち中宮さまの女房たちは、同輩のわたしの目から見ても、生真面目すぎる、無粋だ、など。これではぜんぜん、だめだ、など。低評価を書きつけつづけて、わたしは「だから斎院さまのところの女房たちに、具体的には中将の君というただ一人の女にだけれど、見下されるのだ」と指摘しました。わたしは、なにをしていたのか？ わたしは、そういうわけでウィークポイントを克服しましょう、おなじ職場のみなさん、と提案していたのです。そういうつもりでいたのです。

だから、こうも書きました。

こちら（中宮さまの後宮）に欠点があるからといって、ゆえに当方（斎院さまの御所）が最高であると誇る――しかも賢ぶる――というのは、いちばん最低です、と。

だって賢さが皆無ですもの。品位もゼロ。

と、わたしは断ってすてました。

わたしは、わたしが嫌いなものは、ほんとうに大嫌いなのです。

しかしわたしの筆はとまらなすぎて。もっと読みますか？　現代語訳で。ひとまず、さっきの中将の君への言及——いきどおり——の結びのところから、つづけますね。

いきます。短い一節から。

いろいろ書いてはおりますが、ほんとうであればお目にかけたかった。中将の君のその手紙を、です。その文面……書きっぷりを！　前にもふれましたが、この中将の手紙というのは、だれかさんが隠しておいたのを、べつのひとがそーっととりだして、こっそりと見せてくれて。わたしに。でも、その場だけのことでした。とり返されてしまって。実物をごらんに入れられないのが——あの文体(スタイル)！——いまいましいです。

そうそう、手紙ついでのあれこれの論評も。和泉式部(いずみしきぶ)というひとこそ、じつに趣きぶかい手紙をやりとりしていたようですね。ただ、和泉にはやっぱり、わたしには感心できないところがあって。彼女の文章に、ではありません。彼女の行動に、ですよ。ふしだらだなあと。ただ、気負わずに手紙をすらすらと書きながしたような際には天賦(てんぷ)の文才をひからせますね。ちょっとした言葉にも、ぱっと香りたつところがある、と形容したい気もちになります。和泉式部といえば、これぞモダンな天才歌人——新世代の才女——だと評されていますが、その点はいかがでしょう。歌そのものは、見事です。文句のつけようがありません。しかし古歌についての知識は？　歌の理論は？　「蔑ろにしている」といっていい。つまり本物の歌詠みとはいえない、とおもわれてしまいます。そうはいっても即興のあれこれの歌に、絶対にはっとさせる一点が発見されて、お見事であることは事実。ただ……他人の詠んだ歌を批判したり、よしあしを判断したりするとき、さあ、「それほど和歌がわかっているというタイプではないわ」とおもわせる。「『趣向をどうしよう』などとはかんがえずに、口からすらすら歌がでるのね」と。そうなのです。すらすらと、が彼女の軸。こちらがコンプレックスをおぼえるような大歌人だとは、わたしは、おもいません。

丹波の守（とは大江匡衡だ。儒学者として並ぶ者なしといわれた）の奥方を、中宮さまや道長さまなどの界隈では、およろしい夫婦関係をもって「匡衡衛門」と渾名しています。これは赤染衛門さんです。歌壇のそこまでの重要人物ではないといえますが、歌にはじつに風格があって。赤染衛門は、折々にああだこうだと詠みちらすタイプではありません。しかし、それでも世に知られている作はすべて、たとえば他愛ない機会に詠まれた歌などであっても、「ああ、これならばこちらがコンプレックスをかんじても、当然だな」との——立派な、古式にも則った——詠みぶりをしめします。

やはり、そうでないと。彼女のクリエーションにむきあう態度にふれると、おもいます。現代の世の中にはどうかすると、第三句（を「腰の句」というのね）がぜんぜん四句以降につながらないような、腰折れの、いいえ、むしろ「腰離れ」の？　そういう歌を詠みだすひとたちがいて、おまけに、なんともいえずに趣きがありますという態度もして。そうまでして、「あたしこそが最高だ」とおもっているひとは、女は、最低です。不快でたまらないし、同時にたいへん不憫でもあるし。

清少納言のことです。わたしが、いま、あわれんでいるのは。あれこそは得意顔で「あたしは風流をわかっている」と自己アピールして、自己アピールざんまいで、ようするに度がすぎていた女です。あたまのよさの主張も、あんなに！　だから真名（は漢字のことだ。男たちのツールのことなのだ）を書きちらして。でも、実際の漢学の質は？　じっと観察すると、おやおや、足りないところだらけです。しかもまだまだ足りない。こう、「あたしは常人とはぜんぜんちがいますから。感受性が。あたしは」といいたい女人は、確実に低劣になります。将来かならず歎かわしいことになりますから。だって、しばしば風流を気どるわけです、風流がありそうもない場面で。ぜんぜん殺風景なのに、「しみじみ感動する……」なんていって。むりに「あたしが見るところ、これがすてきよ」なんて口にして。なにがなんでも趣きを見逃すまいと意気ごんで。そうやって自然に、不穏当となりだすわけです。態度や存在そのものが？　ええ、そうですとも。こうやって薄っぺらな性質へ変じていった女は、その人生の結末を「めでたしめでたし」とむかえるわけではない、とわたしは断じてしまいそうになる、などと書いてしまって。

さあさあ、それではお前はどうなんだ。となりますよね？　こうも他者（ひと）の採点というのをしてきたのですから。あれこれの点について、わたしは、なにも……なに一つ、誇れません。客観描写するならば、わたしは「過去にはとりえがないし、未来にはよすがない」女（おんな）です。だって、頼みとする男性は、つまり夫は、もう逝（い）ってしまった（わたしはシングル・マザーです）。どこに将来のよるべが？　この心細さをいかように慰めろと？　などと書きつらねると、すでに自省よりも愚痴があからさまに勝（まさ）ってしまっており、ゾッとするのです。自暴自棄なわたしだとは、おもわずにいましょうね。などと願いをもうしでながら、やっぱり荒（すさ）んだ心は残っている。ほら、憂愁がいっそう募（つの）る秋の夜に、わたしは廂の間（ひさしのま）から……簀子（すのこ）（縁側）にでた。風景をながめる、ぼんやりと。これってどういうふるまい？　むかしは、月は、わたしという女人をほめてくれた、だから、現在も、そうしてもらおう……なんてかんがえながら、もう若いわけではない身をさらしている虚しさと惨めさ、なのでしょうか？　そのことがいっそう痛感されるようでした。だいいち「月を見ることは忌まわしい」とむかしからいいますものね。なのにやってしまって。自暴自棄だから。その咎は確実にわたしにおよぶのだなあとおもいながら、はばかられて、奥にしりぞいて。ねえ、自棄でしょう？　そして、やはり、そうはいうものの咎はわたしを離さない。だからわたしは心のうちで「そうなのだ。ああなのだ。こうなのだ。憂し」とおもいつづける。そういう次第なのです。

あなたは「ああ、でてしまったな。グルーミィが」とおもわれたにちがいありません。はい、でました。わたしがわたし自身の深い分析に沈めば、こうなるのは当然でした。陰鬱(グルーム)の地層にぶちあたる、といいましょうか。夫、宣孝(のぶたか)のこともおもいだします。実家(さと)がどうなっているかも。わたしがつかっている実家(さと)の女房たちのことも(わたしの自宅——曾祖父の邸(やしき)だったもの——にも使用人がいるのですよ)。女房たちを日頃つかっている家の女性(にょしょう)が、女房としてつかわれるために宮づかえする、という境涯の、そう、矛盾……葛藤……。おまけにわたしはフィクション・ライターでした。『源氏物語』はとうに世にひろまって、さいわい評価もされている。その著者が出仕する、というのは……。

つらいことでしたよ。

いやな事態にばかり直面して。

職場で、わたしは疎(うと)んじられていたのだ、と説きましょう。なにしろ勝手に「その女(ひと)は優雅ではあるのだろうけれども、きっとセレブリティ感覚でいっぱいで、『あたしは人気のフィクション・ライターだ』という顔をしていて、あとは『あたしこそは天才だ』とか? そういう高慢ちきがくるにちがいない」とおもわれていて。これは、中宮さまにつかえる女房になってから、はっきり同僚たちにいわれたのです。「あたしたち、職場でお会いする前から、あなたが嫌いだった」と。もちろん、その後に「でも別人のようで、ほっとしたわ」とはいい添えてもらえましたが……。とはいえ、ひどい誤解です。なんなのでしょう、作品（『源氏物語』）の印象、イコール作者、というのは？　わたしがフィクションを著わしているということを、みんな理解しない。いえ、わかってはいるのだとおもいます。だって、ひらいいいいいいいいいいいがなの文学は女性のもの、ですから。漢字のような重みはないぞ、と。それでもイメージ——虚構の作品の——が実在している著者をなぶるのは、どうして？

しかし、わたしは足掻きませんでした。いったん「別人」像が同僚女房たちのあいだにむすばれたのですから、その像にいっさいをゆだねることにしました。セレブの対極にある文化人、といえばいいのか。人当たりを意識してチェンジさせ、いわば「天然」を演じました。おっとりしている、だの、なんともスロー・ペースだわ、だのと評される事態をもとめたわけです。わたしは真のわたしのキャラクターを（あえて）ゆがめた、ともいえます。そうしたら信頼された。中宮さまにも、です。

不思議なものですね。

本心だけでは女性（にょしょう）はままならない。

そこでかんがえてしまうのは、やはり、役柄――ロール――ということです。ほら、いったでしょう？　むかしむかし、女は漢文が読めないはずでした。むかしむかし、女は日記を書かないはずでした。だからこその、ひらがなのジェンダー・ロール。けれども、それが歴史や政治を侵蝕（しんしょく）しだすと……「あれは型にはまっていないのではないか？」と見咎（みとが）められて、そしられる。

ほら、またも咎です。

憂（う）し。

でも、わたしは前進をつづけました。もう述べたように、あんまり足掻かずに。それにわたしはわたしの目（観察眼）をだいじにしていて、この職場でいろいろな同輩——先輩も後輩もいるわけですが、とりあえずは同輩——たちに接していると、「女」という存在のさまざまなタイプが収集できます。そのことはフィクション・ライターの糧です。一人、実例となるタイプをあげましょう。そして日記の、依然として手紙文を模している箇所なのですが、そこの現代語訳も、接ぎましょう。その後もどんどんと。

左衛門の内侍という女がおります。内裏の女房——「天皇づきの女房」——と中宮さまの女房とを兼ねております。これは陰口タイプです。なにかにつけ、わたしを敵視して、——ということにわたしは気づいていなかったのですが、というのも、嫌われる理由がどこにもありませんから。なのに、耳に入ってきたのですね、彼女の陰口が。しかも多数。

帝が、『源氏物語』をひとに朗読させて、内容をお聞きになって、おっしゃったのですね。「このフィクションの作者は、どうやら『日本書紀』を読んでいるね。漢文の歴史書を。うん、絶対にそうであるはずだ。ほんとうに学識がある、とわかるよ」と。そうしたら左衛門の内侍は、ふと当てずっぽうに、「とんでもない才女で、唐土の言語や文化の素養もとびっきり、ですって」と殿上人などにいいふらして。しかもミセス日本書紀――「日本書紀の御局」みたいな渾名もつけたんです。わたしに。これはもう、笑止。笑止千万。わたしは実家でつかっている女房たちの前でさえ、漢籍は読まないように、読んでいるところは見つからないようにと用心してきました。それが、さも宮中にてこのわたしというフィクション・ライターが漢詩文の素養を誇負している、みたいにひろめて。そういうあなどりの渾名でしょう、これは?

わたしには漢籍と、男、女、ということに関しては思い出があります。思い出……などと軟らかい語にしてよいのかどうか。少女期のその体験こそは、どこか決定的であったようにおもわれるので、ここに書いて挿むことにお許しを。うちの弟の式部の丞（のことを、前年の大晦日には兵部の丞とわたしは紹介した。もちろん惟規のこと）ですけれども、このひとは幼年のころ、漢籍を朗読しながら学んでいて、けれども諳んじるのに手間取っていました。また、さっさと忘れてしまったり。いっぽうの姉のわたしは、これをかたわらで習慣的にこの耳に入れていたわけです。そうしたら、さっさとおぼえてしまって。不思議なほどすいーっと読解してしまって。それで、わたしの父がいるでしょう？　学問（漢学）に熱心だった父が。いつもこのように歎いたのです。「ああ、お前が男子であったならば。残念でしかたがない。お前を『男』の子供としてさずけられなかったことが、おれの不幸だ」と、こういっていたのです。

弟とわたし。「男」である惟規と「女」でしかないわが身。そんなふうだったのに……。あとはですね、わたしも生い育つにつれて、世間の声も耳に入れるようになるわけです。やはり、この耳に。「たとえ男性であっても、漢学の知識をひけらかしているひとというのは、どうでしょうか。どうも結局のところ出世とは縁がないようで」といっていますね。父（は藤原為時。文章生の出身）は大学寮にいたころ、紀伝道——唐土の歴史と詩文——を学んだでしょう？　こうした身内のこと、わたしの父のその後の実際を、いまの巷の認識なども照らして（それはいわばわたしたちの時代の「文学部不要論」なのだった）、わたしは「注意がいるのだ」と了りました。男子教育と女子教育がちがうとは、そういうことでもあるのだ、とも。軽んじられてはならない。あなどられては。そのために、わたしは人前では漢字を書いておりません。もっとも簡単な真名というのは？　一、ですね。この、一、の字をすーっと横にひいたりもしなかった。現在も、ですよ。無学な女性にて失敬いたします。以前は読んでいたような漢籍も、目にかけないように留意して。なのに、そこへきて左衛門の内侍の、その悪口。あの陰口。「日本書紀の御局」——ミセス日本書紀だなんだでは、こういう噂にふれられた方々はわたしを確実に煙たがるはず。そうでしょう？　だから、今度はもう、御屏風の上に書いてある文句（は漢文なのだ）も読めないようにふるまいました。そうなのです、ふりです。演技です。それだのに、中宮さまからの御リクエストが。その御前にて『白氏文集』――白居易の詩文集――をところどころ「朗読してちょうだい」とおっしゃるのです。漢詩文の方面のことをお知りになりたそうなご様子で。ですから、徹底して人目は避けつつ、わたし以外の女房はだれ一人お側にいない折を見はからって、おとしの夏からですが（とわたしはおもわず書いてしまったが、わたしはこの日記を寛弘七年に執筆していたから、この「おととし」とは寛弘五年だ）、『白氏文集』のなかの「楽府」二巻を、しどろもどろとはなりながらもご講義させていただいております。極秘のセミナーでございます。中宮さまも秘密になさっていらっしゃって。けれども、殿も帝もやはり授業の気配はお察しになったのですね。殿、藤原道長さまは書の名手たちに漢籍などをじつに見事にお書かせになって、この豪華なご書物を中宮さまに贈られました。それにしても……。中宮さまがこう、わたしに朗読をご要望なさり、また、説かせてもいらっしゃる（とは一千年後の「現代」の、英文精読の

講義にちかいのね）ことを、まこと、あの口うるさい左衛門の内侍はいまだ嗅ぎつけないでいるのでしょうね。探りあてたら？　それは、想像するだに恐ろしい。どれほどのこきおろしが？　どのみち世の中は、ゴシップざんまい、陰口ざんまい。わたしはつぎのようにしかいえません。憂し。

ええ、そうですとも。もう言葉は慎まないことにします。ほかの方々の意見など、わたしのこの気もちに翳をおとしはいたしません。わたしは、ただ阿弥陀仏にむかって、心ひとつにお経を唱えましょう。この世の厭わしい事柄に、もう未練など少しもないのですから、出家してしまえばよいのです。尼となっても仏道修行は怠らないでしょう。でも……、ここも正直に。すぱっと俗世に背をむけることはできるけれども、臨終の瞬間、如来や菩薩などのお迎えの雲があらわれて、自分もそれに乗るという時間までに、わたしの気もちがぐらぐらしないとはいえません。むしろ、ぐらぐらはするかも。それが自覚されるから、ためらっているのです。出家にふみきるのを。

だけれども……。さらに正直に書けば、年齢（とし）のほうはやっぱり「そうするのに適切だ」という頃あいにもちかづきだして。現状より、さらに耄碌（もうろく）しはじめたら？　きっと老眼やら白内障やらに目はやられて、お経を読むのにも不自由するでしょうし、精神のほうもいっそう、弱さ——愚かさ——にかたむきがちになるはずです。そうでしょう？　そこまではわかっているのです。わかっているから、いまはただ、出家（それ）のことばかりをおもっているのです。信心深いひとの真似のようですか？　そして、この願いも、罪深いわたしにはまた、かならずしも叶うものではないとおもわれますか？　ですよね。わたしは、前世のこの身のつたなさを始終おもい知らされておりますから、なにごとにつけても悲しさが。むしろミセス悲しみというのがわたしでございます。

お手紙にはこんなことは書けませんけれども、お手紙として書いております。良いことも悪いことも、こまごま。巷間(こうかん)の出来事も、この身の憂(うれ)いごとも。こまごまと、縷々(るる)と、のこらず。「もうしあげておきたいわ」とおもったのです。

わたしのあたまには、まあいろいろと、不愉快な女(ひと)たちのことがありました。しかし、それだからとはいっても、言葉をえらばないとはこういう書きっぷりをいうのでしょうね。反省してはおります。でも――。あなたはきっと無味な、ようするに味気ない毎日というのをおすごしでしょう？　あなたも、また。だとしたら、わたしのこの無味乾燥な、不毛な、グルーミィな心のうちをごらんになって。それからまた、もしもあなたのほうでもお心にかかえていらっしゃることがあったら、ここまで――わたしの手紙(これ)のように――よからぬ事柄ばかりではないにしても、どうぞ、お書きになって。読ませていただきますから。それにしても、この文章……こんなものが万が一ひろまったら、世間に知れわたりでもしたら、どうなることやら。

その反響のはなはだしさ、反撥と反感のとんでもなさ、わたしはもちろん承知ですよ。盗み読みのための目は、盗み聞きのための耳は、市井に多いのでございます(とわたしは、それらの目を、耳を、あっさりと挑発した)。

　このごろは書きそこなった紙などは全部、わたしは、やぶったり焼いたりして。あとは同様の反故紙を、わたしの娘の人形遊びのためのちいさなお家にも転用して。ええ、雛屋です。この春、その建材にもしたものですから、むかしの不要の手紙というのもありません。他人さまからいただいたのも。おまけにわたしは、そもそも「あたらしい紙に清書して、体裁をととのえたりはするまい」と決断してもおりますから、これはきわめて駄面だといえましょう。そのことであなたを蔑ろにしているのではありませんよ。あなたに宛てた文だからといって。わたしは、わざとこうした。

　これはお手紙なのでした。ごらんになったらなにとぞ早々にお返しくださいませ。乱筆の箇所――お読みになれないかもしれませんね――もあり、脱字もございましょう。よいのです。それでもわたしは清書（なり推敲なり、ある意味での「自主規制」なり）はいたしません。お見逃しを、なにとぞ。このミセス自粛なしのために。

さあ、わたしは世間の評判のことには言及し言及しつつ、しかし、最後にはこのように書いて文をしめます。出家したいと口にだしておきながらのこの物腰、「わたしはどこまでもわたしなのだ」との主張。その業の深さといったら。われながらいったい、どうしようというのでしょうね。

あなたは——この現代語訳のパートをのぞいて見たあなたは——もしかしたら「そうしようとしていたんじゃないの」とおもいあたりますか。つまり、わたしが斎院さまの御所につとめる女房、わたしの弟の恋人でもある女房の、あの中将の君の、あの憎々しい手紙を視界に入れるということをしたから、手紙文（書簡の形

式）というものをツールに、すぱっと張りあったのではないかと。大当たりです。わたしは、そういうことをしました。「手紙には手紙を」と意識したとたん、日記が、妙な文体（スタイル）にいっきに変じたのですね。

意識した――といいながら、変更じたいはどこか無意識に。

あなたは物書きのネイチャーはなんだとおもいますか。ある文章に惹かれたり、ある作品に魅せられたり、あるいは正反対の、猛烈な不快感をおぼえたようなとき、物書きは（ほとんどの物書きは）おのずと反応をします。陸上競技のランナーであれば、おなじ競走路（トラック）に立ち、走らんとする……といった反応です。それがライターたちの気質というか本質、ネイチャーなのです。おのずと（ナチュラリー）ですからね。わたしの筆は、ですから日記をしたためていたのに、自然に（ナチュラリー）手紙を書きだしていた。そうした次第で、この日記には書簡が嵌（は）めこまれた、のです。そうしたことをしてしまったら、あらあら、わたしは達成感を得てしまった。その跋文（おしまい）を書いたら、満足もしてしまった。だって、ぴしゃりといい切りましたからね。

わたしは、ようするに、あそこのしめではつぎのように宣言したのも同然なのです。――（かりにも）手紙ならば、このように書きなさい。おわかりかしら、中将の君さん？　と。

ほら、完結感。

こんなことをしてしまって、わたしは日記をつづけようとするモチベーションをうしないました。それこそが要因なんですね。もはや寛弘六年のどのような行事のことも、録していないに等しいありさまの。寛弘七年の正月の記事というのをしためだすまでの間に、いまの手紙文に接いで、おさめた記事は二、三……。しかもわたしは年月日は詳らかにしなかったに等しいんです。わたしは、これはほとんど、某年某月某日としたかった。ただ、そのために、「これは作者本人が、ここにおさまるように書いたのではないい」ともいわれて。この日記の出だしが欠落していることにもかかわるのですが、わたしたちの時代の本、文章は、ひとの手でもって写されなければ複製が生まれなかった。印刷の技術はなかったのです。それに電子的なデータでもありませんでしたよ、もちろん。ふえるためには写本がいって、たとえばわたしの『源氏物語』も、この日記も、わたしの書いた原本というのは現存しないんです。いっさいがっさい写本で、伝本なのですよ。しかもこの日記の伝本はたいへんにかぎられていて、近世より以前にさかのぼれる写本はないのですよ。そのうえ、書写をする人間というのはむかしから、編集もしましたし改竄というのもしました。だから、某年某月某日、とかってかんがえられる記事は、「だれかがここに嵌入したのだろう。きっとエディットしたのだ」ともいわれて。

いわれても、いいんですけど。

なんというか……それははなから、織りこみずみ、というか。

複製をリプロダクション（reproduction）といいます、英語では。生きものの繁殖もやっぱりリプロダクションといいます。わたしはひらがなの文学が、「ああ、繁殖したんだ」とかんがえています。しかも、それは有性生殖です。男社会に、やわやわと……にゅるにゅると……入る、侵入や滲入(しんにゅう)をすることで、そのリプロダクションを達成した。わたしはこれを「ひらがなのセクシュアル・リプロダクション(sexual reproduction)」と呼びます。そうやって有性生殖をして、それでは、いったいなにを出産したのか？

文化です。日本(ジャパン)の。

日付を入れたいとはおもわなかった出来事を、一つ、二つ。

現代語訳です。

殿。藤原道長さまが中宮さまの御前(おまえ)にわたしの『源氏物語』が置かれているのをお目にとめられた。そのフィクションをわたしは書き継いでいる。現実に比すればとるにたらない物語、虚構の、作りの物語を。けれども現実世界の頂点にいらっしゃる男(ひと)が、ごらんになった。ここは土御門邸だとわたしは記す。そのお邸(やしき)の、中宮さまの御座所(おましどころ)だ、とわたしは記す。中宮さまはご懐妊であられて、「里下がり」されている(のだけれども、それが一度めのご懐妊なのか、それとも二度めのそれなのかをわたしは録(しる)さない。そこを記録してしまったらたちまちくさいびがうたれるから)。殿は現実の……「政治」の頂(いただ)きにいらっしゃって、けれども固さや重さとは(きっと天性の持ち味(キャラクター)なのだとおもうのだけれども)少し離れていらっしゃって、わたしの柔らかい、軽い物語(それ)にも関心をしめされて、いつものジョークをだされる。雑談ついでに、歌をこう詠(よ)まれる。中宮さまの御座所には梅の実が用意されていて、それらの実は紙のうえにのせられていて、殿はわざわざ、この紙をぬいた。わたし宛ての和歌をそこにお書きになった。

すきものと名にし立てれば見る人の
酸っぱい梅と「好き者」と。お前は『源氏物語』で恋愛巧者との評判をとり

をらで過ぐるはあらじとぞ思ふ
そんなお前という梅の枝を手折らないでいられる男は、いる？

まあ。なんという歌を贈られるの。わたしは答えた。

人にまだをられぬものを誰かこの
手折られたこと？　ございませんわ。どの殿方からも。なのに「酸っぱい」

すきものぞとは口ならしけむ
そういう評判をいいふらせる殿方は、いずこにおられますの？

「心外です」わたしはもうしあげる。

これは土御門邸の渡殿に寝た夜。そこにわたしのプライベート・ルームがあるのだ、とは察してもらいたい。だれかが戸を、わが局の隔てをたたいている。そのノック音を——聞いたのだった——恐ろしい。だれ？　この訪問者はいったい、どなたなの？　わたしは返事はしなかった。無言をまもった。その夜を明かした。すると、翌朝、こんな和歌がとどけられた（わたしは「どの男から」とは書きません）。水鶏という鳥の名がある。

夜もすがら水鶏よりけになくなくぞ
まきの戸口にたたきわびつる

ひと晩じゅう、自分は水鶏さながらに、ドアをたたきつづけていたのですよ
鳴きなげきながら、真木の戸口で、逢いたい……コンコン、と

わたしの返歌？　こうでした。

ただごとではないのですよとばかりに、ドア……戸ばかりたたいた水鶏さん
ただならじとばかりたたく水鶏ゆゑ
そんなものを開けて局にむかえたら、結局は後悔するでしょう
あけてはいかにくやしからまし

わたしは、そう答える女。ええ、そうです。たとえ――権力そのものと三十一文字をとり交わしても。

あなたにはわたしの日記をのぞいてもらいました。まだ少し現存する日記はつづいていて、けれども、それもプツッと切れていて、そういう記録のなかからただ一つの記事を、その記事のなかの一つのシーンを、あなたに現代語訳でとどけます。なぜって、わたしはあなたを置き去りにしたい。寛弘七年の正月に、です。一千年

以上もむかしの……そこに。

さようなら。

ほんの数日、わたしは実家に下がっていた。三が日のあとに。でも、もちろん内裏にもどった。正月の十五日が二の宮さまの五十日のお祝いにあたっていたので。二の宮さまとは、でも、どなた？　そして、なにから数えての五十日め？　中宮さまがご出産あそばされたお二人めの皇子が、この二の宮さまで、そのご降誕のことがあったのが、前の年の十一月二十五日で、そこから数えて五十日めが、今日。つまり若宮さまはお二人いる。兄宮さまそれから弟宮さま。わたしたち中宮さまの女房たちは、これらお二人のプリンスたち（princes）を一の宮さま、二の宮さまとお呼びする。その稚けないほうでいらっしゃる二の宮さまのご祝宴のために、わたしが内裏に参上したのは夜明け前。けれども小少将の君は、困ったことに夜がすっかり明けて、これでは間がわるいという時刻に参内した。わたしのベスト・フレンドはそういうことをしてしまう女なのだ。わたしたちは内裏（ここは里内裏で、しかも二つめのものです）で、例によってプライベートな部屋はおなじところにかまえていた。わたしたちは、二人の局を、一つにあわせて、そうすることで快適なスペース――ふた間のひろさ――が確保できるのだけれども、一方が「里下がり」する折にもそこに住んでいる。そうなのだ、ベスト・フレンズはルーム・シェアをするのだ。わたしたちが同時に参上したら、几帳でちょこっと二室化すればよいのだし。というありさまをごらんになって、笑われたのはどなた？　殿だ。殿は、いまやお二人のプリンスのおん外祖父。政敵たち（がもしもいるのだとしたら。いないのだけれども）には脅威的すぎる存在。でも。いつもご冗談ばかりで。わたしたち女房たちを相手となさる際には。この日も。やっぱりおっしゃられて、笑われたの。

「なあ、式部（とはわたしだ）よ、小少将よ。これはまた、おもいきったルーム・

シェアだな。そうではないか？　もしもおたがいの知らない男が、床に『こんばんは』と入って来でもしたら、どうするのだ？」などと。それはもう、お聞き苦しい。けれども、殿、だいじょうぶでございますから。わたしと小少将の君とはフレンズのなかのフレンズ。ひとつも他人行儀にはしておりませんので、ご心配にはおよびません。なあんて。

自作解題

一千年前の同業者に、ヘルプ・ミーと自分は言った

いきなり告白してしまうが、一般にうけいれられている認識とはちがって紫式部の『源氏物語』のほうが『平家物語』(作者不詳)よりも無常を描いていると自分は感じる。ちなみに自分は『平家物語』のその全訳(十二巻+「灌頂の巻」の現代語訳)を出したことがある。そのうえで感じたことをここには書いている。いま言わんとしているのは優劣ではない。『平家物語』にはべつのよさがあると語りたい。なのに冒頭のあの「諸行無常の響きあり」との成句、まさに〝響き〟に満ちた名文句が人口に膾炙してしまっているから、平家はすなわち無常の文学である云々と誤解された。そういうのはちょっと口惜しいなと自分は思う。その「諸行無常の響きあり」を

あらゆる存在は形をとどめないのだよと告げる響きがございます

と拙訳はおしひろげたのだけれど、じゃあ物語としてこれを表現したのはなんだ、誰だと問いかける時、自分の脳裡には『源氏物語』がそれだ、紫式部がそのひとだとの自答の声が響く。べつに紫式部が無常思想に染まっていたとは思わない。十一世紀の初めであれ十二世紀の終わりであれ、無常観というのは一種、通俗的だったと想像する。どういう日本人だって（彼らと彼女らの、その）日々の暮らしが仏教にひたされていれば「ちぇっ。諸行無常だなあ」とは口にしていた、ということだ。だとしたら紫式部のどこが、なにが特別なのか？　ここが問題となる。自分は端的に言うけれども、この女(ひと)の思想が無常なのではない。感性が無常なのだ。そこがもう若い頃の自分にとってもクールだった。めちゃめちゃクールな姉(ねえ)さん、というのが自分の紫式部像だった。

たぶん『源氏物語』の全篇をひととおりだのちゃんとだの読んでいるひとは数が少ない。だから要点を話す。この物語の主人公は誰か？　そうした問いに「もちろん光(ひかる)源氏(げんじ)である」と回答いいや即答したら、だいたい半分正解である。自分的には三分の一だけ正解である。というのも『源氏物語』とは源氏の物語のことで、光源氏の物語とは限定していないのである。だから光源氏の死後も物語は続いて、源（みなもと）姓の誰か、具体的には光源氏の子供ということになっている本当は光源氏の血は継いでいない薫（かおる）、が中心人物となる。ニセ子孫である。ここで主人公は移行して、しかも「源氏ではない源氏の物語」がニセ子孫という設定でもって容受（ようじゅ）されてしまったので、さらに三人めの主人公へ移った、というのが私見で、その三人めというのは浮舟（うきふね）という女性だ。『源氏物語』に関する第二の質問として、男と女のどちらが主人公の物語なのか、これは？　と問いかけたら、これまた絶対に「もちろん男性である」との回答が、そう、即答として返るだろうけれども、しかし最後は浮舟が主人公になっている。これは猛烈に破壊的——よい意味で——な展開で、それを自分は「パンクだな。紫式部はパンク・ロック・スターの姉さんだな」と感じた。

主人公（ヒーロー）が形をとどめないのだよ、主人公（ヒロイン）にもなるのでございますとまとめるならば、猛烈に無常だ。しかもこの、源氏はすなわち無常の文学である云々と自分が解釈、まあ曲解かもしれないが、どこかからは「誤解はよせ。日出男」と叱責されるだろうが、しかしながら、そうしうる域へと到達するために紫式部は、全五十四帖の壮大さを必要とした。源氏というのは長いのである。平家も、訳出しながら「長いなあ、長いなあ」と自分は呻吟した。だが両者には決定的な隔たりがある。後者の、『平家物語』は複数の作者が書いている、と自分は考える。そして原稿と原稿のパッチワークが随所に発見（看取）される。いっぽうで前者の、『源氏物語』は一人の作者が書いている、と自分は考える。そうではないよと唱えるひとはいて、たとえば自分と同業の文学者であれば与謝野晶子、まさに『源氏物語』を訳するのに生涯三度も挑んだ不世出の歌人だけれども、「源氏物語を前後二人の作者の手になったものと認めている」と書いている。が、自分はそう思わない。なぜならば、思わないほうが紫式部という小説家の凄みがわかるからで、与謝野晶子はいま挙げた文章につづけて「（認めているが、）その研究をここでこまかに述べることはできない」と言ってもいるので、こちらも反論はいっさいしない。反対意見のための論拠は自分の側も示さないということだ。

かわりにべつなことを言う。

紫式部というのは本名ではない。

その生没年も不明である。

そういうひとが『源氏物語』の作者なのだから、いったん「紫式部という著者（物語作者）」を設定すれば、そこには一人以上の書き手——すなわち複数の作者——だって入れられる。これは強弁ではない、と自分は心底考える。誰かがどこかの帖（巻）をのちの時代に書き足した？ オーケー、それはその誰かが紫式部に奉仕した、源氏のその宇宙を豊饒（ほうじょう）にしようとしたということで、依然として「作者は紫式部である。——ただ一人である」との真実は揺るがない。

そこから再度『源氏物語』を読み解く。この大長篇はいったいなんだ？ 一人の作家がこんな長大な小説を一千年前に書いた、それはどういうことだ？ 自分は、今日ここで指摘する。光源氏の母親は、それは桐壺（きりつぼ）の更衣（こうい）のことだけれども、光源氏という皇子を出産したから死んだというのが真相に等しい（というか真相だ）。この「亡き母親」というのが光源氏をずっと駆動する。「亡き母親」はどこに所属するか？もちろん死の世界に属していて、それから〝過去〟にも属している。ところで光源氏の次の主人公、薫という男に懸想されて、匂の宮（光源氏のほんものの孫）との三角関係に追いやられて、宇治川に身を投げる＝自死を図るのが私見の第三の主人公、浮舟なのであって、しかし彼女は死ななかった。しかし記憶はぼんやりした。ほとんど喪失しているという状態に、初めは、あった。こういうのはなんだろうか？　まず入水したのだから、いったんは死んだのだ。死の世界に属するか、属そうとしたのだ。そして、それまでの自分の人生――の記憶――をうしなったのだ。〝過去〟のものにしたのだ。だが、現在は生きている。

これは二度めの生に入ったということである。

それを転生という。そう呼んでもかまわないと自分は感じる。

しかし「生まれ変わりというのは、いま（現在）はもう死んでしまって、未来のどこかで生き返るということだろう？」と反駁されたら、こうも言う。――「うん、うん。ということは浮舟は〝未来〟に属しているんだ」と。

　このように『源氏物語』という一人の作者の手になる巨篇は、ヒーロー・光源氏の母親が死の世界に属して〝過去〟に属する挿話から出発して、その挿話に駆動されつづけて転がり、その果ての果て、ヒロイン・浮舟が死の世界に属す、あるいは属そうとして結局、〝未来〟に属す挿話へと着地する。

　なんという構造だろうか、といま指摘していて自分は唸る。

　凄い、とあらためて自分はパンク姉さんを尊敬する。

　そしてパンク姉さんに救いを求めたことがある、と二つめの告白に入る。

　個人を攻撃したいわけではないので細部は暈かす。十年と少し前の話だ。自分はある短篇を、ある文芸誌に発表した。また、自分はあるエッセイを、ある雑誌に発表した。後者は「幼い子供を持つ父母と、子供と関係のあるあらゆるひとのため」的な謳い文句を掲げている。どちらの雑誌も自分はよい雑誌だと感じている。

エッセイのほうから語れば、郷里で、姪っ子と、正月に二人で散歩をしたことを書いた。

その姪は三十歳になって、前年の夏に結婚して、一児の母であると書いた。

「私の郷里は福島県の郡山市である」といったふうに書いたと記憶している。その頃の福島のイメージだが、悪しき印象を与えようとする勢力はわざわざフクシマと片仮名で書いていて、これは要するにヒロシマ、ナガサキと同じ〝暗示〟をはらませていて、放射能、というか放射性物質に汚染されてしまった悲しい土地だと言いたいわけだ。

東日本大震災の、あの原子力発電所のあの惨(むご)い事故から、まだ二年と経っていなかったり、経ったばかりだったりする時期だった。

文芸誌の、短篇のほうには自分はなにを書いていたのか、といえば、年若い女性のことを書いていた。放射性物質に汚染されてしまった宏大(こうだい)な森、というものの内側に暮らしている彼女が、外部の視線にさらされながら、しかし戦闘的に生きる、生きつづけるという〝希望〟を書いた。あたし、という一人称で書いた。

森の菌類との――人間たちの――共棲も書いた。

発表した翌月に、ある批評を目にした。この短篇、この拙作が気に入らない、との酷評で、それはかまわない。ぜんぜんかまわない。しかし評者は女性で、その文章のお終いというのは「中年男が、若い女の子の一人称で語っているのが、気持ち悪い」的に締められていた。

愕然とした。中年男、とは自分を指す。これはいったい、なんだ？　この書きぶり、こういう口調は、なんなんだ？　これは……批評か？　というか筆者は批評家か？

だが愕然とする前に、おそらく自分は深傷を負っていた。そこからしばらくのあいだ、自分は「女性が語る」という文章を、書こうとしても書けない――そういう状態に追いつめられた。なぜ、こうまで差別されるのか？

エッセイでは「郷里で、姪っ子と、正月に二人で散歩をし」ている情景を書いたのだと、もう言った。そのエッセイには、一つだけ嘘が混じっていた。じつは姪は、幼い息子を腕に抱いていた。自分たちは、叔父・姪・姪の子供、の三人だったわけだ。

ゼロ歳児も入れた三人で、たとえば田んぼだの鯉の養殖池だの、林だのの周りを歩いていた、わけだ。それを自分は当時、書かなかった。なぜならば「乳幼児を、福島の戸外に、さらしているのは酷い」と非難する人間たちがいるだろう、と察したからだ。福島というのは、子供が屋外にいたら外部被曝してしまう、そうした土地だと考えられていた。いや、この言い方は間違いだ。福島をフクシマと考えているような勢力が、そう考えていた、――これだ。これが正しい。

いま田んぼ、養殖池、林と書いた。

林というのはむかし森だったものの痕跡だった。

それは茸(きのこ)の森だった。自分はシイタケ栽培専業の農家の息子で、姪は、父親が自分の兄で二代めの「家（農家）の主(あるじ)」だったから、やはりシイタケ農家の娘だった。

自分たちは菌類とともに生きてきて、けれども現在（とは執筆当時のことだ）はエッセイにすら書けないこともある。だからこそ自分は、姪っ子を一種の「モデル」とし、その短篇を書いた。その短い小説を書いた。それが駄目なのか？　そうした試み・文学的な挑みが批評家から非難されるのか？

その批評家が、女性で、自分が、男性（ではないな、「中年男」だ）だから、か？
そして、まさにこの時期に、自分は「千年に一度の巨大地震だったと言われている、あの『東日本大震災』とは、文学的にはなんなのか？」を問いだして、千年前にも自分の同業者はいた、しかも長大極まりない小説をどこか平然と執筆している、という同資質を持った同業者がいた、紫式部である、と再度認識した。「再度」というのは、もちろん前にも認識していたのだ。が、意味合いが激変した。自分は思ったのだ、『源氏物語』がわかれば、もしかしたら「東日本大震災」が文学的にはわかるのではないか、と。

だから『女たち三百人の裏切りの書』という小説に取り組んで、これは自分なりの『源氏物語』（ただし東北地方から眺められもする）で、率直に紫式部トリビュート——讃辞（さんじ）——である。

そろそろ解題の紙幅も尽きるので、いろいろ省く。
告白の二つめに連なっていて第三の告白かもしれないことのみ、ここに挿（はさ）む。ある拙作が文庫化された際、ある方から「古川に『源氏物語』の現代語訳は、似合わない」的に断じられた。それは自分の別な側面を賞讃する文脈で言われていた、と読めるがショックだった。自分は紫式部に救済された、『源氏物語』に済度（さいど）された作家だったので、衝撃はやはり回避不可である。しかし速やかにこの衝撃は去った。というのも、自分は（自分なりの）答えを持っていたのだ。古川が訳せない古典がそこにある？　だったら、本人に古典（それ）を訳してもらえば、いいよ。

自分は一千年前の女性の代弁はできない。

しかし、それを現代語訳する女性は創出できる。

紫式部本人、である。

こうして「古典の現代語訳を内包（あるいは抱擁（ほうよう））した小説作品」というのが、生まれる。

経緯というのはあるのだ。深甚（しんじん）な敬意とともにあるのだ。なにしろ幾度も一千年前のその同業者に、自分はヘルプ・ミー、ヘルプ・ミーと言った。詳細はここには書き切れない（と書いたら、なんだか晶子さんだ）。

二〇二三年（令和五年）八月

古川日出男

翻訳の底本には『新潮日本古典集成　紫式部日記　紫式部集』（山本利達・校注、新潮社）に収録されているテキストをもちいた。ただし、何カ所かの本文の校訂については数種の註釈書を参照した。『新編日本古典文学全集26　和泉式部日記　紫式部日記　更級日記　讃岐典侍日記』（「紫式部日記」は中野幸一・校注と訳、小学館）はだいぶ精読した。また、小谷野純一氏と山本淳子氏の著作、研究はとんでもない刺激になった。とはいえ、「ここは私にはこう読める」とのスタンスで訳したので、どこか（どなたか）の学説に全部順ったということはない。異端の論だと駁される箇所も多いかと思う。私に最後にしたためられることは、私・古川は『紫式部日記』という謎の書物（ほんとに謎めいているのだ）を敬して愛した、とのひとこと。

初　出

「紫式部本人による現代語訳『紫式部日記』」
「新潮」2022年1月号（「現代語訳『紫式部日記』」を改題）

自作解題
書下ろし

紫式部本人による
現代語訳「紫式部日記」

著者　古川日出男

発行｜2023年 11月30日
2刷｜2024年 8月30日

発行者｜佐藤隆信
発行所｜株式会社新潮社
〒162-8711
東京都新宿区矢来町71
電話｜編集部 03-3266-5411
読者係 03-3266-5111
https://www.shinchosha.co.jp

装幀｜新潮社装幀室
印刷所｜大日本印刷株式会社
製本所｜大口製本印刷株式会社

乱丁・落丁本は、ご面倒ですが小社読者係宛お送り下さい。
送料小社負担にてお取替えいたします。
価格はカバーに表示してあります。

ISBN 978-4-10-306080-2 C0093